KB115113

현대 마도학자

네르가시아 장편 소설

FUSION FANTASTIC STORY

THE MODERN MAGICAL SCHOLAR

현대 마도학자 11

네르가시아 장편 소설

초판 1쇄 찍은 날 § 2015년 7월 3일
초판 1쇄 펴낸 날 § 2015년 7월 10일

지은이 § 네르가시아
펴낸이 § 서경석

편집책임 § 박은정

펴낸곳 § 도서출판 청어람
등록번호 § 제387-1999-000006호
등록일자 § 1999. 5. 31
어람번호 § 제1-2166호

주소 § 경기도 부천시 원미구 부일로 483번길 40 서경B/D 3F (우) 420-822
전화 § 032-656-4452 팩스 § 032-656-4453
http://www.chungeoram.com
E-mail § chungeorambook@daum.net

ISBN 979-11-04-90300-7 04810
ISBN 979-11-316-9243-1 (세트)

현대 마도학자

네르가시아 장편 소설

FUSION FANTASTIC STORY

THE MODERN MAGICAL SCHOLAR

현대 마도학자

THE MODERN MAGICAL SCHOLAR

CONTENTS

제1장 3차 세계대전   7

제2장 본격적인 북진   35

제3장 호주를 구원하라   63

제4장 전쟁을 끝내기 위한 일격   91

제5장 중국의 분열   123

제6장 사상 최연소 국방부장관의 탄생   149

제7장 불굴의 의지   175

제8장 종전, 그리고 다가오는 또 다른 위협   213

제9장 단란한 한때, 그리고…   241

외전   황제의 이야기   273

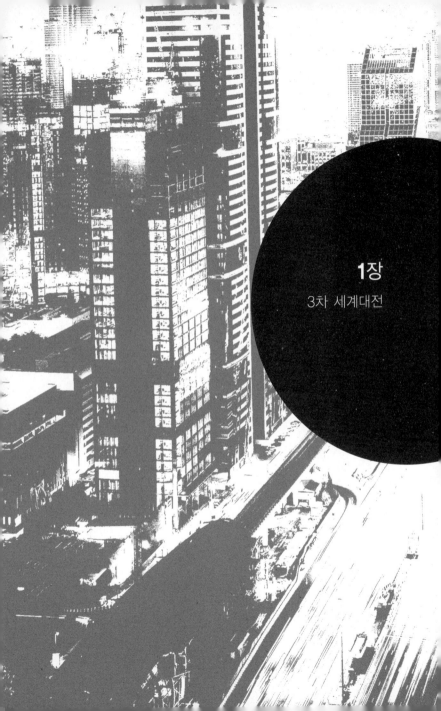

1장

3차 세계대전

　한국군은 평양을 점령하고 해군력을 재정비하여 반격을 준비했다.

　북한과 러시아의 함대에 밀려 계속 남하하던 한국 함대가 화수의 기술력에 힘입어 후퇴를 멈춘 것이다.

　화수는 한국군에 잠수헬기모함 15척을 인도했고, 이 전력은 상상 이상이었다.

　잠수함은 정밀 타격이 가능한 미사일 발사대를 25개씩 가지고 있었고, 이곳에선 유탄과 고폭탄도 발사가 가능했다.

　한마디로 근장거리 타격이 모두 가능한 전천후 타격함이

탄생한 것이다.

헬기 100기가 격납되는 잠수헬기모함의 등장으로 인해 러시아와 북한 해군은 용암포까지 전선을 미뤄야 했다.

그동안 화수는 이지스전함 20척을 추가로 선적했다. 해군은 이에 부사관 중 30%를 장교로 승진시켜야 했다.

10척의 이지스전함과 잠수헬기모함 10척이 만들어낸 파상공세에 힘입어 전선이 넓어졌기에 가능한 일이었다.

새로 건조된 이지스전함이 투입되는 날, 서해상에 있는 제2함대 사령부는 평양 육군 제2본부와 함께 진격을 시작했다.

해군과 육군, 공군을 총지휘하게 된 정현필 대장은 1계급 특진을 명받아 원수로서 지휘봉을 잡았다.

이지스전함 비룡함에 탑승한 그는 무려 20만 명의 장병을 이끌고 북진했다.

"함대의 준비 상황은?"

"전원 출격이 가능합니다. 공군력 또한 무장 완료했습니다."

"좋아, 그럼 지금 당장 진군을 시작한다."

"예, 장군!"

현재 한국군에는 항공모함이 준비되어 있지 않았지만, 화수가 개발한 전투기라면 충분히 목표지인 단동까지 진격할 수 있을 것이다.

그의 명령에 따라 가장 먼저 공군이 출격하여 무차별 포격을 실시했다.

지금까지 화수가 생산한 전투기의 숫자는 2,200기로, 이 중에 절반은 서해와 남해, 일본 지역으로 파견되었다.

드디어 1,100기의 전투기가 파상공세를 시작했다.

"공군 북부전투사령부 예하 4개 사단, 폭격을 준비합니다."

"목표는 단동, 폭격을 시작하라."

"예, 장군!"

1,100기의 전투기가 북한 이북 지역을 초토화시키며 포격을 이어나갔다.

쾅쾅쾅쾅!

―여기는 공군 제1전투사단, 폭격을 완료했다. 제2전투사단과 함께 육군을 지원하겠음.

―입감.

화수가 개발한 전투기에는 모두 초합금 강화탄을 장착한 자동중기관포와 고속유탄발사기가 장착되어 있었다.

공군은 이 전력을 이용하여 육상 전력을 지원하고 해군과 함께 진지를 파괴할 예정이다.

"육군부대가 진격을 시작합니다."

"현재 정주시에서 선천, 동림으로 진군하는 중입니다."

"전투 상황은?"

"우리가 절대적으로 우세합니다."

20만의 병력이 오로지 한 길을 뚫어 진군하기 때문에 제아무리 중국군이라곤 해도 쉽사리 막을 수 없을 것이다.

북한 정부는 이미 칭다오시로 이전하여 괴뢰정부식의 군대를 편성했다.

지금 북한 정부가 없는 중국으로선 한국군을 막아내기가 역부족일 터였다.

"해군을 북진시킨다."

"예, 장군!"

"해상 전력에게 알림. 모든 해상 전력은 북으로 기동을 시작한다."

—입감.

서해상의 모든 영해를 한국이 점령했고, 이젠 중국의 본토로 진격할 차례였다.

*　　　　*　　　　*

동해 NNL 인근, 한국군이 강경 돌파 전략을 펼쳐 러시아 함대를 몰아내고 김책시까지 진군했다.

제3함대사령부는 공군 전력 500기와 함께 두만강 이북 지역인 연해주 이남까지 진격하기로 했다.

이곳의 총지휘를 맡은 강성경 대장은 지상군 2개 사단과 기갑사단 4개 사단을 동원하기로 했다.

기갑사단이 육군보다 더 많은 이유는 이곳에 대량의 포대 전력이 배치되어 있기 때문이다.

청진시 고무산 전투 지역.

이곳은 러시아의 남부 군사 대부분이 집결해 있었다.

이곳을 빼앗으면 북한에서 연해주까지 단번에 진격할 수 있기 때문이다.

육군 제56기갑사단과 41기갑사단이 개조흑표전차인 SI-K12전차를 대동했다.

K2흑표전차를 모티브로 삼고 폐전력을 다시 재구성하여 만든 SI-K12전차는 미군의 아브라함 전차에 비해 약 2~3배 가량 빠른 기동력과 파괴력을 가지고 있었다.

강관은 현재 대전차무기나 고폭탄에 견딜 수 있게 설계되어 있으며, 수륙양용으로 사용이 가능했다.

이지스전함 부산함에 몸을 실은 강성경이 군사들의 보고를 받고 있다.

─김책시 중앙부를 점령했다.

"현재 적의 동향은 어떤가?"

─결사항전을 벌이고 있다. 하지만 이제 곧 항복할 것으로

보인다.

"으음……."

"그냥 포격을 지시하는 것이 나을 것 같기도 합니다."

어차피 적이 점령하고 있던 포대는 전부 파괴하여 다시는 사용할 수 없도록 조치하는 것이 원칙이다.

그렇게 생각한다면 지금 저들이 가진 거점은 전혀 필요가 없다는 소리다.

그는 이내 결단을 내렸다.

"전 함대에 알린다. 김책시 인근 40㎞에 포격을 퍼붓고 공군 전력을 전진 배치시킨다."

"예, 알겠습니다."

"전 함대에게 알린다. 김책시 인근 40㎞에 포격을 집중시킨다."

─입감.

화수가 만든 함선은 해안에서 김책시를 타격할 정도로 충분한 사정거리를 갖고 있다.

구 북한 영해에서 포격한다면 내륙은 쑥대밭이 될 것이다.

─제3함대, 일제히 발사!

퍼엉!

함대는 일제히 불을 뿜었고, 포탄은 날아가 김책시 인근의 군사시설을 모두 초토화시켰다.

쾅쾅쾅!

—무차별 사격 성공.

"계속해서 사격하도록."

"예, 장군."

어차피 지금 북한에는 민간인이 거의 남아 있지 않은 상태였다.

대부분 중국이나 러시아로 피난을 갔고, 그렇지 못한 인원은 인도의 수송선을 타고 한반도를 빠져나갔다.

가장 후발대는 일본으로 향했는데, 한국군은 일본행 북한 난민들은 공격하지 않고 보내주었다.

추후에 그들이 무장 세력으로 돌변할 수 있을지도 모르지만 한국은 전쟁법을 위반할 수 없었다.

만약 그래도 북한에 난민이 남아 있다면 한국군 수색대가 남한 내륙에 있는 수용소로 보내주었다.

대부분은 중국이나 러시아행을 선택했으나 이산가족이 있는 집안은 끝까지 한국에 남았다.

아마 이 이산가족 상봉이 이번 전쟁이 남긴 유일한 순기능이 될 것이라고 전문가들은 입을 모아 말했다.

그런 이유로 한국군은 포격에 손속을 둘 이유가 없었다.

아마 내일 아침이면 남한의 영토가 강동6주로 넓어져 사실상 통일을 이루게 될 것이다.

하지만 북한 정부를 괴멸시키고 러중일 연합을 무너뜨리지 않으면 그 의미는 퇴색되어 버릴 것이 분명했다.

*   *   *

북태평양 인근에서 인도 해군에 의해 궤멸당하고 만 영국군 함대는 생존자가 겨우 200명에 불과했다.

이에 영국 정부는 북대서양과 북해 인근에 있던 함대를 모두 본토로 소환했다.

여기서 다시 전열을 가다듬어 혹시 모를 추가 침공에 대비하자는 것이었다.

물론 유엔군 소속의 15개국 함대 역시 본토로 돌아가 사실상 일본전쟁 참전은 불가능할 것으로 보였다.

그런 가운데 일본 본토는 또다시 격전의 소용돌이에 휘말리게 되었다.

전 일본총리 카나자와 히토시가 괴뢰정부에게 붙잡혀 공개처형을 당하게 된 것이다.

이것으로 괴뢰정부는 공식적으로 일본 정부를 장악하게 되었고, 일본 왕가 또한 그들의 뜻에 따를 수밖에 없었다.

공개처형 당일, 일본 공영방송국 JBC는 전 세계 50개국에 이 영상을 송출했다.

JBC는 공개처형장에 아나운서까지 파견하여 이 영상을 카메라로 촬영하고 있었다.

"지금 대일본제국에 대항하는 세력의 수장 카나자와 히토시가 처형될 예정입니다. 처형 현장에는 일본군 총사령관이자 국가원수 마나카 요시히로가 직접 행차하시어 자리를 빛내주고 계십니다."

마나카 요시히로는 일본 극우주의 세력을 통합한 인물로, 히틀러와 비견되는 달변가다.

그는 개혁전사, 혁명의 파수꾼으로 자칭하며 일본 정부를 궤멸시키는 데 앞장섰다.

일본 자위대 소속 장교를 지낸 그는 10년 전부터 정치계에 입문하여 극우 활동에 전념하고 있었다.

10년 전부터 중국, 러시아, 인도 등을 돌아다니며 폭넓은 외교 활동을 해온 그는 해당 국가들을 모두 일본 편으로 만들었다.

그리고 자신이 일본을 장악하기 시작할 때 즈음에 세계대전을 일으켜 완전히 정권을 휘어잡은 것이다.

지금 일본은 마나카 요시히로가 일당독재체제를 주도하여 사실상 일본을 지배하고 있다고 해도 과언이 아니었다.

그는 일본의 제국주의를 들먹이면서 여론을 통합해 나가는 중이다.

처음 그의 주장에 반대하던 사람들 역시 그를 따라 점점 옛 군국주의에 충성하고 있었다.

일본우월주의는 그의 발언에 힘을 실어주었고, 지금 그에게 반대하는 세력은 거의 없었다.

또한 일본의 대기업까지 통합하기 위해 왕가에게 힘을 실어주는 척하고 있었다.

정부와 왕가까지 휘어잡은 그는 이제 슬슬 자신의 본모습을 드러내었다.

카나자와 히토시가 처형될 도쿄타워 앞, 그는 마이크를 잡고 무대에 올랐다.

그는 무대에 올라 열변을 토하기 시작했다.

"황국 신민들이여! 지금 우리는 제국의 앞길을 막는 테러리스트의 수장 카나자와 히토시의 최후를 지켜보고 있습니다!"

마나카 요시히로는 카나자와 히토시를 손가락질하며 외쳤다.

"저 빌어먹을 작자가 우리 땅에 미괴와 한국군 버러지들을 데리고 와 쑥대밭으로 만들었습니다! 미괴, 저들이 어떤 작자들입니까?! 우리 땅에 원자폭탄을 떨어뜨려 자손만대 가슴에 대못을 박았습니다! 그뿐만이 아닙니다! 우리의 식민지인 조선을 자신들 마음대로 주물러 미괴 사상에 물들였지요! 그 결과 어떻게 되었습니까?! 노비가 주인을 못 알아보고 독도를 자신들의 땅이라고 주장하고 있지요! 저게 말이 되는 얘기입니까?!"

"옳소!"

"일본제국 만세! 천황폐하 만세!"

이미 일본은 걷잡을 수 없이 그의 무력에 물들어 중심을 잃어가고 있었다.

그 모습을 바라보며 카나자와 히토시는 고개를 떨구었다.

'아아, 신이시여!'

이제 일본은 또다시 전범국가가 되어 끔찍한 혈전을 치르게 될 것이 분명했다.

카나자와 히토시는 그의 만행으로 인하여 일본은 물론이요 전 세계가 피로 물들 것임을 잘 알고 있었다.

'부디 이 전쟁을 끝내주길⋯⋯.'

그는 한국과 미국이 이 전쟁을 끝내고 다시 평화를 찾아주길 바랐다.

＊　　　＊　　　＊

전 일본수상의 처형 장면을 TV로 시청한 화수는 점점 일본이 광기로 물들어가고 있음을 깨달았다.

"미쳤구나. 정말 미쳤어."

1차, 2차 세계대전을 직접 몸소 겪은 샤넬리아는 주먹을 꽉 말아 쥐었다.

"…저 히틀러 같은 새끼! 저걸 죽어야 되는 건데!"

마도학자들 모두 그녀와 같은 생각인 듯했다.

"멀쩡한 지도에 피를 부으려 하는군요. 도대체 저 죄를 다 어떻게 감당하려고……."

"우리가 노력하면 저놈을 더 빠른 시일 내에 때려잡을 수 있겠지요."

지금 한국은 중국과 러시아의 전쟁에서 빠른 속도로 우위를 점해가고 있는 중이지만, 아마 예전으로 돌아갈 수는 없을 것이다.

쑥대밭이 되어버린 북한 영토를 재건하는 데 들어갈 자금은 물론이요, 전쟁으로 죽은 장병들의 목숨은 다시 돌이킬 수 없기 때문이다.

또한 일본의 젊은이들 역시 다시는 이 땅을 밟지 못한 채 저세상으로 떠날 것이다.

아마 저들이 정권을 잡고 난 후의 희생은 지금까지와는 비교도 할 수 없을 터, 화수는 점점 마음이 무거워져 오는 것을 느꼈다.

"…다시는 전쟁이 없을 줄 알았는데, 세상이 참으로 각박하군요."

"우리가 어서 이 전쟁을 끝내면 됩니다. 그게 최선의 방법이에요."

"그래요. 그 방법밖에 없습니다."

전생의 화수는 자신의 손으로 직접 기나긴 전쟁을 끝냈다.

하지만 그 전쟁의 종전 이후에도 사람들은 폭력에 빠져 허우적거리고 있었다.

평화를 원하고 있었지만 사실은 손가락질할 누군가가 필요한 것이다.

지금 이 전쟁이 끝난다고 해도 평화가 찾아올지는 의문이지만 최소한 지금보다 사람이 많이 죽지는 않을 것이다.

"우리는 계속해서 무기를 개발합니다. 그리고 그것을 한국군에게 공급합시다. 그럼 언젠가는 전쟁이 끝나겠지요."

"물론입니다."

이들은 계속해서 연구에 박차를 가했다.

*   *   *

일본이 공식적으로 괴뢰정부를 인정했을 즈음, 터키에서 돌연 친일선언을 하고 나섰다.

사실상 한국과의 외교적 친분을 쌓아가고 있던 터키이지

만 반미감정을 가진 세력이 기득권을 취했기 때문이다.

터키의 군사력은 세계 정상급이며, 북한군과 비교해도 전혀 손색이 없을 정도였다.

그런 터키를 비난하는 세력은 바로 이스라엘과 요르단이었는데, 그들은 모두 친미 세력으로 구분되는 나라였다.

터키는 그들을 비난하면서 중동에 전쟁을 일으킨 주범을 미국이라고 몰아가기 시작했다.

때마침 핵보유국으로서 인정을 받지 못하고 있던 이란이 터키를 옹호하면서 중동은 큰 혼돈에 빠져들게 되었다.

그런데 여기에 평소 반미감정이 팽배하던 중동 국가들이 일본을 지지하게 되면서 중동은 친미와 친일로 세력이 나뉘게 되었다.

하지만 세력의 균형은 러중일 동맹에 거의 완전히 치우쳐 있었기 때문에 이스라엘을 제외한 국가들은 대부분이 한 동맹으로 엮여 있었다.

그리고 중동의 산유국 대부분은 미국과 그 동맹 국가들의 석유 지급을 끊었다.

중동이 이 지경에 이르게 될 때 즈음, 세계는 또 한 번의 변혁을 맞이하게 되었다.

그것은 바로 유럽의 분열이었다.

처음 분열을 조장한 세력은 체코였는데, 그들은 친러 성향

과 함께 친일 성향을 드러내면서 미국을 맹비난하기 시작했
다.

그런 체코와 동조하는 세력은 점점 늘어나 심지어는 이탈
리아와 독일까지 가세하게 되었다.

아무리 세계 최고의 미국이라고 하지만 일본과 중국, 러시
아, 인도에 걸친 압박은 도저히 견딜 수가 없었다.

또한 원유의 대부분을 중동에 의존하고 있던 국가들의 입
장으로선 방법이 없었다.

석유의 패권을 갖고 벌인 전쟁에서 그들은 일찌감치 러중
일 연합의 편을 든 것이다.

그리하여 남은 유럽의 국가는 영국, 프랑스, 스페인, 포르
투갈이었다.

심지어 스칸디나비아반도 3국도 영국과 등을 돌릴 지경이
었으니 원유 압박이 얼마나 심각한 문제였는지 잘 알 수 있
다.

세계정세가 이렇게 급박하게 돌아가는 가운데 중국과 인
도군이 대만과 함께 손을 잡고 동남아시아를 점령하기 시작
했다.

일본해 인근으로 거의 모든 함대를 동원한 미군의 부재로
인하여 동남아시아는 속수무책으로 당할 수밖에 없었다.

인도는 네팔, 부탄, 방글라데시를 시작으로 미얀마, 라오

스, 태국까지 마수를 뻗치게 되었다.

이들은 점령하는 곳마다 전진기지를 세워 물자를 동원했고 그것은 중국군과 대만군의 유동적인 지원에 한몫하게 되었다.

태국 파타야 전진기지.

이곳에 중국과 러시아 등 10개국 연합군 함대가 진을 치고 있었다.

이들 연합군은 이제 베트남과 캄보디아를 점령하기 위해 작전을 펼칠 것이다.

가뜩이나 원유 문제가 대두되는 바람에 국력이 많이 약해진 캄보디아와 베트남은 투항을 권고받았다.

지금까지 이들이 동남아를 점령하는 데 걸린 시간은 고작 한 달, 습격 한 번에 도시 하나가 날아가는 판이었다.

그런 가운데 각국의 대통령들은 좌불안석이었다.

베트남 하노이 국회의사당.

이곳에선 지금 항복과 동시에 러중일 연합군에 가입하자는 회의가 열렸다.

이들은 자신들이 약소국이라서가 아니라 그것이 국민을 위한 것이라고 주장했다.

하지만 그들과 반대되는 세력들은 아예 다른 의견을 제시하고 있었기 때문에 서로의 입장은 첨예하게 갈렸다.

오후 세 시, 드디어 마지막 회의가 진행되었다.

대통령은 국회의원들에게 현재 상황에 대해 다시 한 번 전달했다.

"지금 인도가 우리에게 투항을 제안했습니다. 투항에 대한 조건은 우리의 연합군 가입과 함께 석유 지급입니다. 중동연합에서 석유를 지급해 주겠다는군요."

"지금 원유값이 상당히 많이 올랐습니다. 그것도 해결해 준답니까?"

"초도물량을 반값에 준다고 하는군요."

순간, 회의장이 울렁이기 시작했다.

대통령은 여기에 투항을 부추기는 발언을 추가했다.

"러시아와 중국에 매장되어 있는 천연가스와 석유 역시 싼값에 제공한답니다."

그의 한마디에 국회의원 대부분이 투항을 주장했다.

"그냥 손을 잡읍시다. 미군과 한국군이 언제 우리의 영토까지 오겠습니까? 그리고 저들은 우리를 하층민으로 봅니다. 그런데 왜 한국군에게 투항해야 하는지 모르겠군요."

"옳소!"

지금 러일중 연합군이 미친 듯이 세력 확장에 열을 올리는 것은 흑과 백을 구분하기 위함이다.

만약 직접 전투가 일어나 투항하지 않게 되면 그들의 속국이 될 수밖에 없다.

하지만 그들의 연합에 가입하게 되면 최소한 식민지 생활에선 벗어날 수 있다는 소리이다.

결국 베트남은 결론을 내리기에 이르렀다.

"좋습니다. 그럼 투표하겠습니다. 투항에 찬성하는 사람은 손을 드십시오."

국회의원 대부분이 투항에 찬성하였고, 베트남은 투항과 동시에 그들의 연합에 가입하게 되었다.

이로써 동남아시아 북부는 모두 러중일 연합의 수중으로 넘어가게 되었다.

*   *   *

영국 중앙회의.

동부와 중부 유럽의 모든 국가가 유엔연합군에서 빠져나감에 따라 이들 역시 크나큰 위기를 맞이하였다.

이에 영국의 상, 하원 의원들은 거취 결정에 심사숙고할 수밖에 없었다.

사실상 구 영연방은 모두 러중일 연합으로 돌아섰는데, 그들이 석유의 패권을 쥐고 있기 때문이었다.

이스라엘이 고강한 군사력을 보유하고 있다곤 해도 터키와 이란을 동시에 상대할 수는 없었다.

또한 이탈리아에서 배를 타고 건너면 이스라엘 본토를 공략하는 일은 사실상 아주 간단한 일이었다.

이런 상황에 이스라엘이 중동의 패권을 다시 되찾을 것이라는 보장은 그 어디에도 없었다.

때문에 영국은 지금 미국을 버리고 러중일 연합을 택할 것인지 아닌지에 대해서 상당히 심사숙고하고 있었다.

영국의 수상 레버트 트라일은 이 사태에 대해 영국 왕실의 자문까지 구했다.

하지만 여전히 뚜렷한 답은 없었다.

아직까지 유엔군에 머물고 있는 영국이지만 곧 갈팡질팡하고 있는 노선을 정해야 할 때가 올 것이다.

이제 러시아가 대군을 움직여 동부 유럽을 넘어가고 있기 때문이다.

대부분의 의원은 인도가 자국의 함대를 무력화시킨 것에 대해 좋지 않게 생각하고 있었다.

하지만 일부 의원들은 그것을 일본 영토 침범에 대한 인도의 정당방위라고 주장했다.

"이 땅에 석유가 나는 곳이 있습니까? 우리의 우방 대부분이 저들과 손을 잡았는데 뭘 더 어쩔 수 있겠습니까? 아무리 미국이라고 해도 저들의 파상공세를 이길 수는 없을 겁니다."

"맞습니다. 이제 지도국이 바뀌어야 할 때가 온 것이지요."

사실상 미국은 중국과 함께 세계 최정상의 지도국이라고 불리고 있었다.

영국은 그런 미국에 대해 콤플렉스가 있었기 때문에 노선 결정에 문제가 있었다.

그러나 레버트 수상은 최대의 변수로 적용될 한국군의 존재를 잊지 않았다.

"그러나 문제가 하나 있습니다. 현재 해군과 공군 전력 1위로 부상한 한국입니다. 그들의 전력은 이제 미국을 넘으려 하고 있습니다. 그나마 육군의 전력이 미국보다 조금 약할 뿐이지 이지스전함이나 잠수헬기모함의 경우엔 혀를 내두를 정도지요. 거기가 최신형 전투기가 무려 2,000기가 넘습니다. 조만간 2,500대 달성을 앞두고 있다고 하는데, 그런 그들을 러시아와 중국이 막아낼 수 있을까요?"

"길고 짧은 것은 대봐야 알지요. 그렇게 따지자면 중국과 러시아 예비 전력이 단숨에 한국을 밀어버리면 그뿐입니다."

현재 한국의 해상, 공중 전력은 미국을 넘어서 전 세계를 압도하고 있었다.

심지어 세계 최강의 전투기라고 불리는 F—22 전투기보다 몇 수 위라고 알려진 전투기를 2,000기 넘게 보유하고 있을 정도이니 이를 넘어설 나라는 아마 없을 것이다.

하지만 전투는 첨단 무력만으로 하는 것이 아니었다.

"흐음……."

"어떻게 하면 좋겠습니까?"

바로 그때였다.

"각하!"

영국 중앙회의실 문이 열리며 중앙정보국인 MI6 요원이 들어섰다.

"무슨 일인가?"

"이 내용을 한번 봐주시지요."

"도대체 무슨 내용이기에……."

전령이 가져온 내용을 확인한 레버트 수상은 슬쩍 미소를 지었다.

"후후, 사람이 아주 죽으라는 법은 없는 모양이군."

"무슨 일이십니까?"

"브라질과 그 주변국이 미군 연합에 가입했다고 합니다."

"오오!"

지금까지 침묵으로 일관하던 남미 세력이 드디어 포문을

연 것이다.

브라질은 1980년대까지 세계 8위의 방산 수출 국가였다.

그러다 독제에 대한 반감으로 군사력 투자 비용이 감소하는 문제를 겪게 되었다.

하지만 2007년을 기점으로 다시 군사비를 증강하여 빠른 속도로 군사력을 증가시켰다.

그리하여 지금 그들의 군사력은 남미에서 따라올 수 있는 국가가 없을 정도로 성장했다.

이들의 개입은 영국과 미국의 연합을 더욱 끈끈하게 이어주는 역할을 할 것이다.

"자, 어떻게 하실 겁니까?"

그의 질문에 의원들은 서로 눈치를 살폈다.

"으음……."

"오늘이 아니면 의사 타결은 불가능합니다. 명심하세요."

순간, 장내에 고요한 정적이 흘렀다.

그리고 잠시 후, 그들은 사전에 합의라도 한 듯 손을 들었다.

"저는 한미동맹에 찬성합니다."

"저도요."

"저도!"

순식간에 늘어나는 찬성자들, 이미 그 숫자는 과반수를 넘어가고 있었다.

"좋습니다. 그럼 우리는 노선을 돌려 계속 유엔군에 소속
되는 걸로 하겠습니다."

탕탕탕!

그는 의장봉으로 의사 타결을 결정했다.

*　　　*　　　*

영국의 노선이 정해지자 프랑스와 스페인 등도 본격적으
로 전쟁을 준비하기 시작했다.

비록 선제공격은 없겠으나 저들이 밀고 들어온다면 반격
할 수 있는 준비를 하는 것이다.

특히나 프랑스의 경우엔 독일, 이탈리아 등과 인접해 있어
위험부담이 두 배였다.

그러나 우호국들이 똘똘 뭉쳐 있는 서유럽이기 때문에 방
어는 조금 더 쉬울 것이다.

더군다나 이스라엘 역시 바다를 사이에 두고 맞닿아 있기
때문에 정보 교환만 있다면 삼국 연합 체계가 활성화될 것이
다.

이들 연합에 힘입어 한국군은 지린과 랴오닝성을 지나 하
얼빈까지 진격했다.

그리고 서쪽으로는 연해주 전 지역을 점령하여 러시아군 함대의 세력을 위축시킬 수 있게 되었다.

한국군 전진기지인 중국, 러시아 지역.

이곳에 수많은 한국군 장병이 진을 치고 있었다.

이제 북쪽으로 진군한 병사의 숫자는 15만, 그들은 비행 전력과 함께 러시아의 심장부 부근까지 진격할 것이다.

한국이 이렇게까지 깊숙이 진군한 것은 러시아와 중국의 군사력이 동남아로 분산되어 있기 때문이었다.

화수는 이 기회를 틈타 미국군에 한국군 전투기를 역수출하기로 했다.

미군은 자신들의 전투기 기술력으론 전쟁에서 이길 수 없다는 것을 절감했고, 급기야 화수에게 도움을 요청하였다.

하지만 문제는 부품을 미국으로 실어 보낸다고 해도 거기까지 가는 과정이 결코 쉽지 않다는 것이다.

한국에서 미국까지 가자면 일본과 러시아의 함대를 피해야 하는데 그것이 결코 쉽지가 않았다.

하여 화수는 묘책을 생각해 냈다.

그것은 바로 초저소음 수송 잠수함으로 비행기 부품을 미국까지 실어 나르는 것이었다.

그곳까지 물품이 도착하기만 하면 미국 본토에서 조립을

마치면 그만이기 때문이다.

미국 국방부차관 라이언 브라이스크는 화수에게 이런 제안을 함과 동시에 러시아령 알레스카를 점령하겠다고 장담했다.

그들이 러시아령 알레스카를 점령하게 되면 전세는 유엔군에게로 기울게 되어 있었다.

이곳을 점령하여 전진기지를 세우면 러시아 본토까지 기차를 이용할 수 있기 때문이다.

또한 부동항인 블라디보스토크를 점령했기 때문에 그곳은 연계 군사 거점으로 사용할 수 있었다.

화수는 이 조건을 수락했다.

라이언 브라이스크는 화수가 머물고 있는 포항 지역을 목숨 걸고 방문했다.

그리곤 직접 무기를 가지고 미국으로 건너갈 것이라고 했다.

"괜찮으시겠습니까?"

그는 미소를 지었다.

"어차피 이 전쟁에서 몸 건강히 살아남을 수 있으리라곤 상상도 하지 않았습니다."

"살신성인이군요."

"이 전쟁에서 죽어나간 장병이 벌써 5천이 넘습니다. 당연히 저 역시 목숨을 아끼지 말아야지요."

화수는 그가 진정한 군인이라고 생각했다.

"행운을 빌겠습니다."

"감사합니다."

화수는 라이언이 태평양을 건너는데 전투잠수함 두 기를 지원해 주기로 했다.

2장
본격적인 북진

연해주 동부 사할린 섬.

차가운 겨울바람이 바다를 결빙시켜 러시아 대륙 간 교두보를 만들어냈다.

휘이이이잉!

한국군 소속 제71보병사단은 사할린 섬의 주도인 유즈노사할린스크를 거쳐 육로로 사할린 섬을 장악하고 있었다.

이곳은 천연자원이 풍부하기 때문에 러시아의 군수품 제작에 아주 좋은 요충지가 될 것이다.

때문에 한국군은 연해주를 장악하자마자 이곳까지 진격하

여 단 3일 만에 유즈노 사할린스크를 돌파했다.

대부분의 병력이 대륙 너머로 급파되다 보니 이곳에 상주하는 병력은 겨우 두 개 연대에 불과했다.

또한 이 광활한 사할린 섬에 고작 두 개 연대 병력이 버티고 있다 보니 식량의 조달이 그리 원활히 이뤄지지 않고 있었다.

71보병사단은 사할린 섬을 요새화시키고 곧장 연해주 끄트머리에 있는 아무르강까지 교량을 연결했다.

일반 보병은 빙판 위를 건너갈 수 있지만, 전술차량이 건너기엔 무리가 있기 때문이다.

쿵쾅쿵쾅!

거대한 말뚝이 사할린스키만 연안에 설치되었다.

이 작업을 총괄하는 장교는 평양 전진군사기지를 건설하는 데 혁혁한 공을 세운 양명진 소장이었다.

그는 직접 작업 현장에 나와 군 기술자들과 함께 교량이 설치되는 구역을 감독했다.

"교량의 숫자는 총 열 개, 탱크 한 대는 족히 지나갈 수 있는 폭이어야만 하네."

"하지만 장군, 현재 저희가 가진 교량 부품으로는 그것이 역부족입니다만……."

"이 근방에 있는 철을 죄다 끌어다 써도 좋으니 장비가 건널 수 있도록 만들게. 참모총장님께서 직접 지시하신 일이야."

"일단… 최선을 다해보겠습니다."

"난 자네들을 믿네."

이번 전쟁에서 가장 큰 공을 세운 것은 역시 전투병과의 병사들이지만 그에 못지않게 공병들의 공로 또한 상당히 컸다.

후쿠오카 지방의 교각을 연결하거나 일본 서부지역 전진 군사기지를 건설하는 데 들어간 인력은 모두 공병대였다.

아마 공병대가 없었다면 이번 전쟁은 싸워서 이기나마나가 되었을지도 모른다.

이렇듯 보이지 않는 곳에서 역사를 창조한 공병대의 사기는 상당히 높았다.

그들은 사할린 섬을 돌아다니면서 교각의 부품으로 쓸 만한 고철 덩어리를 구했다.

공장은 물론이고 고물상에 군사기지까지 죄다 털어서 철을 모았다.

—여기는 남부 1팀, 약 10톤의 철을 구했다.

—동부 1팀, 12톤을 구했다.

—여기는 북부, 22톤이나 되는 고철이 있었다.

각 수색팀은 마치 경쟁이라도 하듯 너 나 할 것 없이 철을 모았고, 그 결과는 그야말로 놀라울 정도였다.

그들은 철문부터 펜스까지 죄다 뜯어 고철을 구해왔고, 사할린 섬과 연해주를 잇는 교각 열 개를 만들 수 있을 정도의 철을 구했다.

이 정도의 철을 구하는 데 걸린 시간은 불과 3일, 정말 대단하다고밖에 설명할 수 없는 작업 속도였다.

공병대는 이제 이것을 녹여 새로운 부품을 만들어낼 예정인데, 근방에 있는 제철회사를 이용하게 될 것이다.

러시아 토착민이 경영하던 제철회사는 이제 한국군이 몰수하여 군수공장으로 사용할 것이다.

그는 한국군이 사할린 섬을 장악한 직후에도 친러 행위를 한 바, 한국군은 그 재산을 몰수해서 한국군에 귀속시키기로 한 것이다.

제철공장이 사유지이긴 하지만 그 주인이 반한 행위를 하다 적발되었으니 즉결처분을 내려도 전쟁법에는 위반되지 않는다.

한국군은 야노바스키 제철공장에 있는 용광로로 철을 녹여 단단한 강철 빔을 생산해 냈다.

쾅쾅쾅!

판판한 강철판이 줄을 지어 나왔고, 공병대는 그것을 도면 그대로 용접하여 붙였다.

치지지지직!

도면을 직접 제작한 임성준 중령은 치밀하게 나사 하나하나까지 직접 확인하며 부품을 검수했다.

그리고 그는 합격한 물품에는 검인 도장을 찍었다.

"합격. 어서 현장으로 가보도록."

"예, 알겠습니다."

생산된 부품은 그 즉시 전술차량에 실어 교량이 설치되는 곳으로 향했다.

부품은 모두 조립식으로, 그 자리에서 용접기로 용접해서 붙여 만들어지는 방식이다.

다리와 다리를 잇는 기둥은 두꺼운 얼음을 뚫고 깊은 해저에서 양생시키기로 했다.

이것은 화수가 만든 수륙 양용 장갑차가 작업을 담당했다.

─해저 50미터다. 기둥을 내릴 수 있도록.

─입감.

장갑차에는 해상에서 작동하는 크레인이 달려 있어 직접 땅에 기둥을 박을 수 있었다.

그렇게 되면 그 위에 콘크리트를 양생시켜 바닥을 다지게 되는 것이다.

이 정도의 작업만으로도 교각은 아주 튼튼해서 차량을 감당할 수 있게 된다.

쿠웅!

—바닥에 기둥을 안착시켰다. 이제 콘크리트를 양생한다.

—양호.

작업은 아주 순조롭게 진행되어 앞으로 3주일 정도면 임시 교각이 완성된다.

병사들은 추운 날씨에도 불구하고 비지땀을 흘렸다.

*　　*　　*

육군이 연해주를 공략하는 동안 서해에 주둔하고 있던 해상 전력은 해병대를 모두 소집했다.

그리고 해병대 2개 사단과 육군 기갑사단 3개를 중국 산둥반도에 상륙시키는 작전을 준비했다.

이지스전함 25척과 잠수모함 10척, 전투기 300대가 동원되는 대작전을 펼치기로 한 것이다.

정명관 국방부장관은 하얼빈에 마련된 임시전투지휘소를 방문하여 직접 작전을 구상했다.

작전은 겨울임을 감안하여 새벽 기습으로 진행될 예정이다.

정명관 장관은 산둥반도를 타격하는 데 필요한 거점을 점령하는 데 전투기 기습을 하기로 했다.

"전투기 100대가 선제 타격을 하고 나면 곧바로 100대로 나뉜 2, 3대대가 후방에서부터 교대로 폭격합니다. 그렇게 연안을 점령하고 나면 해병대가 상륙, 해군은 칭다오시를 포격하는 겁니다."

"하지만 민간인의 피해가 발생할 수도 있을 텐데요?"

그는 고개를 가로저었다.

"첩보에 의하면 지금 칭다오는 북한군이 주둔하고 있어 민간인은 산둥반도 밖으로 떠났다고 합니다. 마음껏 포격을 퍼부어도 된다는 소리지요."

"으음, 그렇군요."

산둥반도는 군사요충지이기도 하지만 현재 북한의 괴뢰정부의 수도이기도 했다.

이곳을 점령하면 수도 베이징으로 진입하는 도로와 보급로를 차단하여 군사력을 서쪽으로 몰아낼 수 있었다.

그렇게만 된다면 러시아의 영토 절반을 수중에 넣어 수도를 타격할 수 있는 거점을 마련할 수 있을 것이다.

그는 군사지도와 함께 놓인 시계를 바라보며 말했다.

"앞으로 24시간, 그 안에 모든 준비를 마치고 공습을 진행합니다. 작전을 준비하는 데 있어 한 치의 오차도 있어선 안 됩니다. 아시겠습니까?"

"예, 장관님."

지금 중국과 북한은 한국이 하얼빈을 점령하는 데 정신이 팔려 있다고 생각할 것이다.

정명관은 그런 허점을 노려 적이 예상치도 못한 타이밍에 공략할 작정이었다.

"그럼 어서 움직이십시오."

"예, 알겠습니다."

이제 그는 작전을 원수에게 위임하곤 곧바로 남부로 향했다.

*   *   *

북부에서 치열한 점령전이 벌어지고 있다면 남부에선 방어전이 한창이다.

한국군이 점령한 후쿠오카로 일본군의 파상공세가 이어지고 있었는데, 그것을 방어하는 데 4개 사단이 투입되었다.

쾅쾅쾅!

"으윽, 제기랄!"

육군 94사단 소속 41연대 수색대대 1중대는 지금 최전방에서 적의 포격을 그대로 맞고 있는 중이다.

비록 특수 합금 벙커에 들어가 있긴 하지만, 포격의 소음과 열기는 벙커 안까지 생생하게 느껴졌다.

1중대장 안성중 소령은 중대원들과 함께 생사고락을 함께

하면서 악전고투를 치르고 있었다.

그는 자신의 뒤에서 무전기를 잡고 열심히 포격 좌표를 계산하고 있는 중대본부원들을 바라보았다.

"너희가 고생이 많구나."

"별말씀을 다 하십니다. 모두 함께 고생하는데 그런 말씀 마십시오. 심지어 중대장님께서도 부상을 당하지 않았습니까?"

"후후, 그렇게 말해주다니 철이 다 들었군."

"전쟁이 그렇게 만들었으니 이걸 기쁘다고 해야 할지는 잘 모르겠습니다."

안성중 소령은 이제 막 이십 대 초반이 된 병사들을 바라보며 쓴웃음을 지었다.

그나마 군에서 오래 복무한 병사들은 총소리에 면역이 되어 있지만, 이제 막 본토에서 전입 온 신병들은 그렇지가 못했다.

포격 소리만 들려도 오줌을 지리는가 하면 혼자 살겠다고 수색에서 이탈하는 경우도 있었다.

수색에서 이탈하면 일본군에게 붙잡혀 죽는 경우가 대부분이었고, 만약 살아남는다고 해도 영창에서 실형을 선고받거나 즉결처분된다.

그러나 처음에 전입 와서 이탈을 시도하던 병사들이 이제는 아무렇지도 않다는 듯 계산판을 잡고 있다.

전쟁이 그들을 무감각하게 만든 것이 씁쓸하면서도 든든한 안성중이다.

'어서 이 전쟁이 끝나야 할 텐데……'

그의 깊은 고뇌가 이어지고 있는 바로 그때, 후방에서 무전이 날아들었다.

—부엉이, 부엉이, 여기는 하늘소.

"하늘소 송신."

—지금 둥지에서 어미 새가 파견되었다. 30분, 30분이다. 30분만 버텨라.

"여기는 하늘소, 입감. 잘 알았다."

이윽고 무전을 끊은 안성중은 슬그머니 미소를 지었다.

"됐다. 이지스전함이 추가로 파견된다는군."

"휴우, 다행입니다. 하마터면 죽을 뻔했습니다."

"그러게 말이다."

그는 개인 무전기로 병사들에게 명령을 하달했다.

"지금부터 각자의 위치에서 사주경계를 취한다. 보이는 적은 즉시 사살하되 불필요한 행동은 최대한 자제하도록."

—양호.

적의 파상공세를 버티기만 하면 되는 임무, 그는 기다리고 기다리던 주둔지에서의 휴식 시간이 기대되었다.

그는 K―2A3를 거치대에 걸치고 수색 방향을 바라보았다.

'30분이다. 30분만 버티면……'

사격 지점을 조준하고 있던 그는 잠시 눈을 감았다 떴다.

눈에 힘을 주었더니 피로감이 몰려왔다.

하지만 눈을 깜빡인 그 찰나의 순간 민간인이 보였다.

"중대장님, 민간인입니다!"

"민간인?"

잠시 눈을 감았다 뜬 그는 조준경으로 다시 전방을 바라보았다. 그러자 그의 눈앞에 믿을 수 없는 광경이 펼쳐졌다.

"꼬, 꼬마들?!"

그의 눈앞에 지연신관이 달린 고폭탄을 든 꼬마 무리가 보였다.

저 꼬마들이 고폭탄을 안고 벙커를 넘어 사격저지선까지 들어가면 수비 라인이 무너지게 된다.

그렇게 되면 일선이 전부 허물어지기 때문에 방어 체계에 문제가 생길 것이다.

"젠장! 지독한 놈들!"

"중대장님, 어떻게 합니까?!"

도대체 어떤 세뇌 교육을 받은 것인지는 몰라도 아이들은 쉬지 않고 앞만 보고 걸어갔다.

어쩜 저렇게 어린아이들을 겁도 없이 훈련시킬 수 있는지 이해가 가지 않는 안성중 소령이다.

그는 방아쇠를 당기는 데 있어 망설이는 자신의 손을 느꼈다.

'빌어먹을! 전쟁에 나이가 어디 있겠느냐만⋯⋯.'

부하들은 자신만을 바라보고 있고, 그는 중대장이자 장교로서 저 아이들을 처단해야 한다.

그는 이내 눈을 질끈 감았다.

타앙!

"악!"

부하들에게 명령을 내리는 대신 방아쇠를 당긴 그를 따라서 전 중대원이 아이들을 향해 총알세례를 퍼부었다.

탕탕탕탕탕!

"아악! 아아악!"

"쿨럭쿨럭!"

대부분 팔과 다리를 맞곤 그 자리에 쓰러졌지만, 유독 한 아이만큼은 불굴의 의지로 돌진하고 있었다.

탕탕탕!

"으윽!"

총알을 맞고도 버틴다는 것, 그것은 보통 인간이라면 절대로 불가능한 일이다.

그럼에도 불구하고 저렇게 작은 아이가 계속해 전진한다

는 것은 있을 수가 없는 일이다.

"마약?!"

"마약이라니, 무슨 말씀이십니까?"

"저놈들, 아이들에게 마약을 먹여 정신을 빼놓고 자살 테러를 지시한 거야!"

"허, 허어!"

"소름 끼치는 놈들! 어떻게 사람의 탈을 쓰고 저런 짓을……!"

가까이서 보니 정말 아이의 눈동자에는 초점이 없었다.

그는 돌진하는 아이를 편안하게 보내주기로 했다.

"전방에 수류탄을 투척한다! 모두 엎드려!"

팅!

계량수류탄은 파편뿐만 아니라 화염으로 인해 사람이 흔적도 없이 사라진다.

그는 고통 없이 보내주기 위해 아주 정밀하게 아이의 앞으로 수류탄을 던졌다.

이윽고 수류탄이 터지면서 아이는 흔적도 없이 사라졌다.

콰앙!

수류탄이 터지면서 고폭탄까지 함께 폭발하긴 했지만 그래도 인명 피해는 없었다.

이내 고개를 들어 상황을 살핀 그는 더 이상의 위협은 없다고 판단했다.

"…다시 사주경계를 실시한다."

—입감.

저렇게 어린아이까지 사살해야 하는 것이 전쟁이라면 이 세상은 분명 지옥일 것이라고 생각하는 안성중 소령이다.

잠시 후, 열 척의 이지스전함이 파견되었다는 소식이 들려왔다.

—부엉이, 부엉이, 여기는 하늘소.

"하늘소, 송신."

—어미 새가 지금 후쿠오카 북부에 도착했다. 부엉이는 그곳에서 계속 임무를 수행하면서 대기할 수 있도록. 휴식은 교대 병력이 도착하는 대로 보장하겠다.

"입감."

그는 깊은 한숨을 내쉬었다.

처음 전장에 투입되어 살인을 저지른 날에도 이렇게 마음이 무겁지는 않았다.

'술이 당기는군.'

아무래도 그는 오늘은 중대원들과 함께 술이라도 한잔해야 것 같았다.

그래야 이 끔찍한 전쟁을 조금이라도 잊을 수 있을 테니 말이다.

＊　　　＊　　　＊

산둥반도 상륙작전이 펼쳐지는 날, 해병대 두 개 사단이 잠수모함에 몸을 실었다.

정현필 원수는 다롄에 작전본부를 세우고 그곳에서 후방 지휘를 진행할 예정이었다.

각 부대장들은 작전을 시작하기 전, 정현필에게 사전 보고를 올렸다.

―전투비행단, 작전 준비 완료했습니다.

"무기 재보급 좌표는 모두 숙지했겠지?"

―물론입니다.

"좋아, 산둥에서 보자고."

―예, 장군.

해군은 이미 출항했기 때문에 지금쯤이면 산둥반도 남부에 도착해 있을 것이다.

그는 일단 해군의 위치를 파악해 보았다.

"지금 해군은 어디쯤을 지나고 있나?"

"현재 작전 지역에서 10분 거리에 대기하고 있습니다."

"좋아, 그럼 지금부터 공습을 시작한다."

"예, 장군."

─전군 공습에 대비하라. 작전을 시작한다.

위잉, 위잉!

공습을 시작한다는 신호가 울리고 난 후 비행전단의 화면이 작전본부로 송출되었다.

─제1공습조, 공습을 시작한다.

─입감.

산둥반도 옌타이시에 전투기 100대의 융단폭격이 시작되었다.

휘잉.

이른 새벽, 고요한 연안에 무소음 비행으로 이어진 융단폭격은 정찰병들까지 속인다.

─제1차 포격 시작.

쾅쾅쾅쾅!

순식간에 연안이 모두 불바다가 되었고, 그곳을 점령하고 있던 병사들은 혼비백산하여 전투태세를 갖추었다.

하지만 이미 저공비행으로 시설물을 모두 폭파한 이후라서 중화기는 사용할 수가 없었다.

한마디로 이제 육군이 몰려올 때까지 그들은 아무것도 할 수 없다는 뜻이었다.

"장군, 1차 공습이 성공했습니다!"

"이제부터 해군 포격을 시작한다. 함포를 모두 개방시키고 잠수모함을 출격시켜라."

"예, 장군!"

"전 함대 포격 시작!"

―좌표 3254.3456, 사격을 시작한다.

위잉!

무전기 너머로 들리는 함포의 자동 계산 프로그램의 기계음이 잠시 들리더니 이내 포격이 시작되었다.

―자동 포화 모드로 전환, 탄약을 모두 소비할 때까지 사격하겠다.

―입감.

120㎞의 사격 범위를 갖는 함포가 연안에서 옌타이시와 칭다오시를 타격하는 것은 식은 죽 먹기다.

퍼엉, 퍼엉!

―초탄 발사, 약 5초 후에 표적에 도착할 것으로 보인다.

―입감. 잠시 대기.

초탄이 지정된 목표물에 맞는다면 추후에 쏘아질 포탄은 전부 명중이라는 소리다.

약 10초 후, 각 함대에서 보고가 올라왔다.

―명중, 계속해서 사격하겠음.

―초탄 명중이다. 이제부터 적을 개박살 내겠음.

함대는 무려 2만 발이 넘는 함포를 각 도시로 날려 보냈고,

군사시설은 속수무책으로 허물어져 갔다.

* * *

해병대 1, 2사단은 수송용 헬기에 몸을 싣고 대규모 상륙을 시도했다.

무려 2만 명의 병력을 실은 헬기는 적의 최전방 진지를 시작으로 칭다오까지 진격할 것이다.

다다다다다!

해병대수색대 3개 중대가 가장 먼저 최전방 진지가 있는 지역에 상륙하여 돌격수색을 시작했다.

─여기는 삽살개 하나, 적의 진지를 발견했다.

─생존자는?

─없다. 계속해서 전진하겠음.

─입감.

최전방 진지에 남은 병력은 전무했으며, 수색대는 계속해서 후방으로 돌격하며 수색을 이어나갔다.

그리고 잠시 후, 정찰비행단이 해병대 본대의 상륙을 허가했다.

─여기는 솔매 둘, 그린라이트.

─입감.

각 헬기에는 녹색 불이 켜졌고, 해병대는 일사불란하게 하강했다.

─전원 하강 완료, 본대로 복귀한다.

─양호.

이제부터 해병대는 칭다오시를 점령하기 위해 쉬지 않고 진군할 것이다.

해병대 1사단 소속 33연대 2대대 대원들은 작전본부에서 하달한 포지선을 지키면서 도시를 점령해 나갔다.

"전방에 적의 진지가 보인다! 1중대는 좌로, 2중대는 우측을 돌파한다! 그리고 3중대와 본부중대는 중앙을 돌파, 적을 궤멸시킨다!"

"예!"

"돌격!"

이번 작전에서 돌격은 최대한 신속하고 조용하게 이뤄지기 때문에 기합을 넣거나 소리를 지를 수가 없었다.

지금부터 내는 소리는 모두 무전기나 수신호로 이뤄졌다.

지금 적들은 포격을 맞아 약이 바짝 올랐을 테니 잘못하면 해병대가 전멸할 수도 있었다.

혼란한 틈을 타 기습을 가하는 것이 목표이기에 전멸은 사양이다.

2대대 1중대는 적의 진지를 향해 우회하여 사방에서 포위 작전을 펼쳤다.

"1소대는 좌측, 2소대는 우측, 나머지는 중앙과 후방이다. 알겠나?"

―입감.

"진입."

일사불란하게 움직이는 해병대, 이것은 모두 해병대가 수많은 실전 경험을 쌓았다는 증거였다.

최근 해병대는 내륙에서 이뤄지는 작전이 아니고선 대부분 기존의 부대원들만 참여했다.

그래야 작전의 성공률과 병사들의 생존율이 높아지기 때문이다.

손발이 척척 맞는 소대원들은 수신호로 대화를 나누면서 진지를 격파해 나갔다.

퉁퉁퉁!

"저, 적이다!"

"이런 반동분자 새끼들!"

적을 혼란시킨 후 소대원들은 북한군에게 집중사격을 가했다.

두두두두두!

"크헉!"

"크아아아악!"

아주 짧은 비명 소리만을 남긴 북한군들이 전멸하자 그들은 거침없이 다음 지역으로 이동했다.

―2대대, 거점 청소를 마무리했다.

―입감. 계속해서 진행하도록.

―양호.

이제 그들은 적의 심장부를 향해서 돌격을 시작했다.

*　　　*　　　*

칭다오시 소재 북한 인민군사령부.

이곳은 지금 한국군의 집중포화를 받아 정신이 하나도 없었다.

쾅쾅쾅!

"젠장! 도대체 포격이 어디서 날아오는 거야?!"

"산둥반도 외곽입니다!"

"외곽?! 이런 괴물 같은 새끼들!"

일반적인 상식으로 전함이 50㎞나 떨어진 도시를 포격하는 일은 도저히 이해가 가지 않았다.

설사 사정거리에 있다 해도 이렇게 정확하게 포격이 가능하다는 것은 거의 불가능하다고 봐야 한다.

그럼에도 불구하고 저들의 포격은 불발 하나 없이 아주 정밀한 타격을 보여주고 있었다.

아무래도 정찰기가 보내주는 좌표가 정확하게 계산되어 전함에 전달되는 모양이었다.

"빌어먹을! 우리의 병력은 얼마나 남았지?!"

"30만쯤 됩니다! 하지만 지금은 새로운 거점 마련을 위해 떠나 있는 터라……."

현재 북한군은 칭다오시를 대신할 거점 마련을 위해 동남 아시아로 함대를 급파한 상태였다.

아무리 중국과 우호관계를 유지한다고 해도 군사 거점이 없으면 추후의 행보에 지장이 생긴다.

만약 전쟁에서 승리하여 본토를 되찾는다고 해도 분명 지속적인 간섭이 이어질 것이 뻔했다.

그 중요한 작전에 병력을 어설프게 투입할 수는 없는 일, 그래서 지금 사령부는 병력이 절반쯤으로 줄어든 상태였다.

"하필이면 이 시점에 습격해 오는 것은 또 뭐야?!"

"장군, 어쩌면 좋습니까?!"

칭다오시를 버리게 되면 북한은 임시 거점인 산둥반도를 포기하는 꼴이 된다.

그렇게 되면 지금까지 간신히 체제를 유지하고 있던 공산 당은 정말 괴뢰정부가 될 것이 분명했다.

하지만 이대로 적의 포격을 맞으며 버틸 수는 없었다.

"장군, 어서 명령을……!"

"…후퇴한다."

"어디로 후퇴하면 되겠습니까?"

"허베이성과 산시성을 잇는 주요 거점으로 후퇴하여 방어선을 펼친다."

"예, 알겠습니다!"

북한군은 제대로 된 반격 한 번 해보지 못한 채 중국의 수도 인근으로 대피할 수밖에 없었다.

*　　　*　　　*

인도의 주도하에 시작된 동남아시아 점령은 성공적으로 완료되었다.

북한은 이제 필리핀 일대에 군사시설을 확보하고 흩어진 이주민들을 모집할 것이다.

필리핀은 인도와의 결사항전을 고수하며 오히려 러중일 연합에 선제공격을 가했다.

그로 인해 필리핀은 주적으로 인식되어 러중일 함대와 전면전에 들어가게 되었다.

물론 그 결과는 필리핀의 참패로 끝나 버렸고, 연합군은 필리핀의 북부와 다도 지역을 북한에게 양도하게 되었다.

지금 그들은 폭발이 가능한 핵탄두를 여러 개 보유하고 있었는데, 그로 인해 생기는 이점과 공산주의적 동료애로 땅을 분양받은 것이다.

하지만 북한군 중앙부가 중국 땅에 발이 묶이면서 함대가 필리핀에 대기하는 사태가 벌어졌다.

그로 인해 북한은 주민들을 다시 모으는 데 큰 애로 사항이 생길 것으로 보였다.

인도 원정군 총수 샤루락 칸 대장은 북한군 함대를 제외하고 남은 동맹군 함대를 이끌고 호주를 점령할 것을 제안했다.

한마디로 지금 호주의 국민들은 생과 사의 갈림길에 서 있었다.

호주의 국회의사당, 국민의 대표인 국회의원들이 시민 단체와 함께 토의를 벌이고 있었다.

영국의 입헌군주제와 의당제를 함께 채택한 호주의 정치 체계는 영국과 일맥상통한다.

하지만 지금은 영연방이 거의 해체되다시피 했으니, 그들이 영국 여왕의 명령에 따를 이유는 없었다.

호주의 총리 마이클 줄리아드는 국민들에게 항복의 의사를 물었다.

"우리가 항복하면 러중일 연합에 들어갈 수 있을 겁니다. 하지만 그렇게 되면 우리의 영토가 전범들에게 넘어가게 되겠지요."

"그건 안 됩니다!"

"옳소!"

"하지만 우리의 병력으론 저들을 막아낼 수 없습니다. 만약 투항하지 않으면 엄청난 희생이 따를 겁니다."

"우리에겐 영국과 미국이 있지 않습니까?"

그는 고개를 가로저었다.

"지금 미국은 북태평양 전투에 정신이 팔려 있습니다. 본토를 방어하는 것만으로도 역부족이라는 소리지요."

"그럼 한국군은 어떻습니까? 그들이라면 우리에게 함대를 파견해 줄지도 모릅니다."

"그건… 너무나 추상적인 기대입니다. 한국군도 우리에게 함대를 파견할 여력이 없을 겁니다. 그리고 무엇보다 한국에서 이곳까지 병력을 파견하는 데 걸리는 시간이 너무 길어요. 버틸 수 없을 겁니다."

군사력이 무려 40만에 육박하는 연합군 함대를 막아내기엔 호주의 군사력은 상당히 미미한 정도였다.

광활한 영토를 가진 호주이지만 면적당 군사력은 상당히 약했다.

하지만 국민들은 불굴의 의지를 불태웠다.

"싸웁시다! 총을 들고서라도 싸웁시다!"

"옳소!"

그들은 독일과 일본이 자행한 극악무도한 행위를 너무나도 잘 알고 있었다.

특히나 일본은 자신들의 식민지를 무자비하게 수탈하고 국민들을 잡아다 전쟁노예로 희생시켰다.

또한 한국의 아녀자들을 잡아다 성 노리개로 팔아먹었다.

그런 그들의 악행을 익히 잘 알고 있는 바, 호주의 국민들은 일본과의 동맹을 결사반대했다.

아무리 세월이 지났어도 그들이 자행한 악행은 결코 역사에서 지워지지 않고 있었던 것이다.

"좋습니다. 그럼 우방국들에게 지원을 요청하고 결사항전을 펼칩시다!"

"옳소!"

"평화를 위하여!"

호주는 3차 세계대전에서 한미영 연합에 가입하게 되었다.

3장

호주를 구원하라

1월 15일.

인도군 주도하에 러중일 연합군이 호주에 상륙작전을 실시했다.

해상전에서 절대적 우위를 점한 러중일 연합군이 파상공세로 호주를 밀어붙였다.

그 결과, 퀸즐랜드가 점령당하고 호주의 서부가 모두 러중일 연합군의 수중에 넘어가게 되었다.

하지만 호주의 국민들은 결사항전을 거듭하며 적의 파상공세를 막아내었다.

호주의 특수부대 SASR은 사막 지형의 특징과 기후적 특성을 이용하여 전투를 국지전으로 유도했다.

제아무리 병력이 많은 군대라고 해도 700만 제곱킬로미터나 되는 호주를 장악하기란 그리 쉬운 일이 아니었다.

더군다나 인도를 제외한 거의 모든 국가는 사막 지형에 상당히 취약했기 때문에 전투 자체가 쉽지 않았다.

호주를 거점으로 삼기 위해 벌인 전투는 상당히 획기적이었으나, 지역적인 특색으로 생각보다 힘들었다.

SASR 기동수색대대 2중대가 호주 서부에 주둔하고 있는 인도군 전진기지를 급습했다.

─여기는 알파1, 6km 전방에 적이 주둔하고 있다. 병력 규모는 대략 세 개 사단 정도 되는 것 같다.

─많이도 끌고 왔군.

─지속 시간은 얼마면 되겠나?

─제안은 없다. 마음껏 가지고 놀다가 본대로 복귀할 수 있도록.

─후후, 그럼 저놈들을 죽을 때까지 약 올려도 된다는 소리인가?

─농담은 자제하기 바람.

─깍쟁이 같으니······.

무전을 마친 약 30인의 특수부대원은 사막지대 협곡 위에 몸을 숨겼다.

작전을 총괄하게 된 제니안 스미스 중령은 이곳 사막에 대해선 최고의 전문가였다.

호주 서부에서 나고 자라 중동전쟁까지 참전한 그는 사막전투에 대해 해박한 지식을 가지고 있었다.

그가 중대를 이끄는 한 병사들이 궤멸하는 일 따윈 일어나지 않을 것이다.

제니안은 부대원들에게 이번 작전의 개요에 대해 설명했다.

"이제 곧 인도군이 전선 확장을 위해 진격을 시작할 것이다. 우리는 지속적인 게릴라전을 펼쳐 적의 진군을 최대한 늦춰야 한다."

"한국군 도착 시간은 언제쯤 됩니까?"

"항공기 150대가 내일 아침까지 연안에 도착한다고 한다. 그리고 나흘 후엔 헬기모함 두 척과 이지스전함 세 척이 함대를 이끌고 올 것이다. 아마 그 정도 병력이라면 저들을 막아내기 충분하겠지."

"하지만 저 많은 병력을 그 정도 가지고 이길 수 있겠습니까?"

"그거야 두고 볼 일이지."

이지스전함 세 척이 이끄는 함대의 규모는 1개 함대사령부

급에 달한다.

아마 저들이 호주에 상륙하기만 한다면 인도군은 어쩔 수 없이 이곳에서 물러나야 할 것이다.

*　　　*　　　*

화수는 전 세계 각지에서 전함을 비롯한 전투함선을 모조리 수입해 새로 분해 결합을 시도했다.

그가 새롭게 인도 받은 구축함은 총 100척, 그 밖에 초계함 이하의 선박이 500척이었다.

이 많은 선박은 대부분 노후해 전투에 나갈 수 없는 것이었는데, 대부분 자체 기동이 불가능하여 바지선을 이용해 인양해 와야 했다.

거의 회생이 불가능할 것으로 보이는 선박이 이렇게 많이 들어왔으니 당연히 이것들을 수용할 공장 또한 그 수를 늘려야 했다.

처음에 화수가 공장을 지어 수리하던 포항은 제1공장으로 명명했고, 신포, 리원, 김책에 각각 두 개씩의 군수조선소를 신설했다.

이곳에서 이지스전함을 비롯한 전투함들을 개조하여 전투에 내보내게 될 것이다.

화수는 고속정과 초계함을 개조하면서 아주 신선한 시도를 해보기로 했다.

그것은 바로 베네노아가 제안한 드론전투선이었다.

이지스전함은 헬기를 싣고 다니면서 해안을 포격하는 역할을 하는데, 그들을 호위하게 될 함선들은 구축함 이하의 전투선들이다.

화수는 이 전투선 안에 소형 드론전투선을 선적시켜 작은 항공모함을 만들기로 했다.

드론전투선은 약 1톤가량의 무게를 갖는데, 이 중에 절반은 포탄과 컴퓨터로 이뤄져 있다.

샤넬리아는 자신이 가진 모든 로봇 공학적 지식을 총동원하여 설계도를 만들었다. 거의 대부분은 마나코어가 주축을 이루고 있었다.

그녀는 마도학자들이 모인 연구실에서 드론전투선에 대해 설명했다.

"이지스전함에서 원격으로 예하의 천함들에게 마나를 전송하면 그것은 다시 드론에게 전송되는 시스템이다. 한마디로 모든 전투선이 이지스전함의 원격 조정을 받는 셈이지."

"으음, 그러니까 예하의 전투선들은 드론을 실어 나르는 역할을 하는 것이다?"

"그렇다고 볼 수 있지. 물론 예하 전투선에도 드론을 조종

하는 인원을 따로 편성해야겠지."

드론전투선은 모두 마나 충전포와 마나 융합 머신건을 장착하고 있다.

또한 태양열과 마나 전지를 동시에 사용하여 별도의 관리나 주유가 필요 없다는 것 또한 장점이다.

하지만 한 번 출격하고 난 후엔 머신건의 탄약을 충전해야한다는 단점이 있었다.

"드론의 인공지능은 얼마나 될까?"

"목표물 지정에 따라서 다르겠지만 적을 인식하는 정도는할 수 있다."

"으음."

적을 인식하는 기능만으로도 충분히 전장에서 사용이 가능하다.

화수는 이번 드론 개발이 갖는 의미가 상당히 크다고 생각했다.

만약 이번 드론 개발이 성공을 거둔다면 충분히 무인항공모선을 만들 수 있기 때문이다.

한마디로 상공에 정원 1천 명의 공중 전력을 싣고 다니면서 포격을 할 수 있다는 소리와 같았다.

아직까지 그런 기술력을 갖기엔 역부족이지만 가능성이아주 없는 얘기는 아니었다.

"이것을 언제 사용해 볼 생각이지?"

"이번 호주 파병에 100척의 전함이 파병될 거다. 그곳에 드론을 보내어 성능을 시험할 수 있을 거야."

이번 파병에 보낼 이지스전함과 헬기모선은 각각 다섯 척으로, 이들은 남중국해 인근에 위치한 오키나와섬을 점령하면서 남하하게 된다.

오키나와를 점령하는 병력은 이지스전함 두 척과 헬기모함 세 척이다.

이들은 이곳에 해군기지를 건설하고 대만으로 진격할 수 있는 거점을 만들 계획이다.

"이번 전투로 인해 한국군의 숨통이 좀 트이겠군."

"아마도?"

화수는 드론모선이 가져다줄 희소식을 기다렸다.

*　　　*　　　*

동중국해 인근에 위치한 일본 3개 섬 지역은 지금 대만이 해군을 이용해 장악하고 있었다.

일본 아마미오섬, 이곳으로 한국군 함대가 모습을 드러냈다.

쏴아아아아!

대만군 소속 판정정 중령은 무려 100척이 넘는 함대를 바라보며 아연실색했다.

"대대장님! 한국군 함대입니다!"

"이, 이런 미친?!"

설마하니 호주를 지키기 위해 이렇게 많은 함대가 파견될 것이라곤 전혀 상상도 하지 못한 대만이다.

그들은 함대를 조준하기 위해 해안포를 동원했다.

"해안포를 준비해라!"

"예, 대대장님!"

철컥!

"해안포 발사가 준비되었습니다!"

그는 연안이 보이는 대대본부에 서서 발사를 명령했다.

"발사!"

"발사!"

펑펑펑!

총 20문의 해안포가 불을 뿜었고, 그 포탄은 한국군 함대를 맞추지 못하고 빗나갔다.

바로 그때, 10척의 호위함이 30척의 고속정과 초계함을 이끌고 달려왔다.

"대, 대대장님! 적의 호위함이 진격해 오고 있습니다!"

"빌어먹을! 후방 포격을 준비한다!"

"예!"

지금 이곳에는 당장 동원할 수 있는 비행 전력이 거의 전무한 상태이다.

이런 상황에서 저들의 포격이나 상륙이 이뤄진다면 도저히 이 섬을 지킬 수 없을 것이다.

이윽고 포병의 지원 전력이 포격을 시작했다.

ㅡ연속사로 적을 타격하겠다.

ㅡ입감.

ㅡ사격!

콰앙!

자주포와 견인포들이 불을 뿜었고, 한 척의 호위함이 타격을 입었다.

"명중입니다!"

"후후, 빌어먹을 자식들!"

타격을 입은 호위함은 잠시 주춤거리더니 이내 다시 전속력으로 달려왔다.

"피, 피해가 없는 것 같습니다!"

"뭐라?!"

잠시 후, 40척의 전투선이 학익진으로 진을 펼치더니 이내 해치처럼 생긴 무언가를 열었다.

"미사일?!"

"저 작은 선박에 이곳을 타격할 수 있는 미사일이 실릴 리가 없습니다. 더군다나 이렇게 원거리에서 미사일을 쏘았다간 저들도 당합니다."

지금 대만군과 경비정의 거리는 불과 3㎞ 내외, 이 정도의 거리에서 미사일을 쏜다는 것은 어불성설이었다.

하지만 그들은 이것이 미사일 해치가 아니라 지능이 없는 학살자가 나오는 구멍이라는 사실을 어렵지 않게 깨닫게 되었다.

위이이잉!

"저게 뭐지?"

"…드론?"

한 척의 초계함에서 나온 드론의 숫자는 50기, 고속정의 경우엔 10기 내외였다.

하지만 호위함에서 나온 드론의 숫자는 무려 500기가 넘었다.

"저, 저게 뭐야?!"

"이, 이런 말도 안 되는 일이……!"

도합 600기가 넘는 드론은 초계함과 고속정 주변으로 몰려들더니 이내 전열을 가다듬어 진격을 시작했다.

위이이잉!

핑핑핑핑!

푸른색 탄환을 쏘아대며 날아든 드론의 파상공세는 도저히 막아낼 재간이 없었다.

일반적인 보병도 아니고 공중을 날아다니는 드론은 엄폐호에 숨은 병사들까지 악착같이 찾아내 주살했다.

콰앙!

"크허억!"

"유, 유탄!"

"도대체 저놈들은 어디서 튀어나온 거야?!"

마치 외계인의 지구 침략 영화를 보는 것 같은 착각이 드는 전장은 순식간에 아수라장으로 변해 버렸다.

대만군은 전투 5분 만에 후퇴할 수밖에 없었다.

"제기랄! 오키나와로 후퇴한다!"

"예!"

그들이 진지를 버리고 후퇴하자 호위함에 타고 있던 해군 병력이 상륙하여 지상을 점령하기 시작했다.

"지상 전력, 상륙을 완료했다."

─입감. 그곳에 진지를 구축하고 전진기지 건설을 준비하라.

"양호."

이제 한국군 함대는 호위함 열 척만 남겨두고 다시 오키나와로 이동했다.

　　　　　*　　　　*　　　　*

　호위함 열 척이라는 숫자는 결코 적은 숫자가 아니며, 심지어 그것을 이끄는 함대의 위용은 사람을 아연실색하게 만들기에 충분했다.

　화수가 전 세계 고물상을 돌아다니면서 구한 폐전투함은 지금도 한국으로 들어오고 있었다.

　한마디로 그는 하루가 멀다 하고 전투선을 찍어내고 있고, 그 위용은 다른 국가들이 보기엔 가히 공포로 다가오고 있었다.

　대만군은 오키나와로 진격한 한국군에게 두 손을 번쩍 들 수밖에 없었다.

　전군이 모두 한국군의 포로로 잡혔고, 오키나와에 한국군 전진기지가 설치되기에 이르렀다.

　또한 한국군은 대만 바로 앞에 위치한 간도까지 점령하여 함대 기지를 건설하기로 했다.

　동중국해 인근에 설치한 한국군 함대기지는 대만을 비롯한 동남아 지역을 압박하는 데 혁혁한 공을 세웠다.

　한마디로 한국은 중국, 일본, 대만의 영해에 자신들의 거점을 만들어 언제라도 공급이 가능한 상태로 유지하고 있었던 것이다.

쾅쾅쾅!

간도를 요새화하는 현장, 공병은 물론이고 민간인 자원봉사자들까지 나서서 포대를 설치했다.

화수가 개발한 야포와 박격포, 그리고 이번에 새롭게 개량된 지대공 미사일과 지대지 유도미사일은 적들이 간도에 얼씬거리지도 못하게 할 것이다.

공사를 총괄하는 양성만 준장은 기술자들과 함께 포대 설치 현장을 답사하고 있었다.

"이번에 본토에서 온 야포의 숫자가 어떻게 되나?"

"견인포 150문과 자주포 50문입니다. 박격포는 총 300문이 추가될 예정입니다."

"아예 이곳을 군사시설로 확충시키려는 모양이군."

"아무래도 이곳만 한 군사 거점은 없으니까 말입니다."

한국군은 간도를 통해 조만간 대만 본토를 공략할 것이라는 공문을 발표했다.

현재 대만은 동남아시아를 점령하고 중국을 도와 북진을 계획하고 있었다.

이에 한국군은 아예 대만 정부를 괴뢰 상태로 만들어 버릴 생각인 것이다.

정권이 교체되면서 한국군은 상당히 강경한 정책을 수립

했다. 그 일환으로 북한 영토를 쑥대밭으로 만들어 버린 것이다.

물론 민간인의 피해를 최소화시키는 것이 우선시되어야 하겠지만, 자국에 협조하지 않을 시엔 가차 없이 공습해야 한다.

지금 한국이 처한 상황은 절대 유리하지 않았으며, 이번 전쟁에서 패배하면 한국은 더 이상 회생이 불가능한 상태가 될 것이다.

때문에 지금 한국은 어떻게 해서든 일본의 광기를 억누르기 위해 노력하는 중이었다.

"시간이 없다. 어서 서두르자고."

"예, 장군."

양성만 준장은 정부의 공문대로 신속하게 작업을 진행시켰다.

*   *   *

간도 인근에서 잠시 전열을 가다듬은 공군 제245전투비행연대는 북마리아나 제도에 잠시 멈추어 주유 및 탄약을 보급했다.

이곳은 미군이 주둔하고 있기 때문에 비행기를 점검하고

잠시 휴식을 취하는 데 무리가 없었다.

약 두 시간가량 휴식을 취한 한국군 비행연대는 곧장 마크로네시아를 거쳐 뉴브리튼 섬을 공습했다.

대만군이 주둔하고 있던 뉴브리튼섬은 공습 한 시간 만에 초토화되었으며, 군사를 인도네시아 지역으로 물릴 수밖에 없었다.

이곳을 10기의 전투기가 지키고 나머지 140기는 곧장 호주의 서부전선으로 날아가기로 했다.

그들은 호주의 정부군과 지속적인 교전을 주고받으며 공격 지점을 지정했다.

—여기는 한국군 비행연대, 호주군 등장 바람.

—반갑다. 호주군이다.

—적의 중요 거점을 타격할 것이다. 해안선부터 정리하도록 하지.

—듣던 중 반가운 소리군. 우리 쪽 특수부대를 파견해 주요 거점에 대한 정보를 송신해 주겠다.

—아니, 그럴 필요 없다. 지명만 알려주면 그곳을 아예 초토화시켜 버릴 것이니까.

한국군의 기본적인 전략은 '초토화 후 새로 지어 사용하자'이다.

민가는 거의 대부분 남겨두고 군사시설로 보이는 곳은 아예 흔적도 없이 지워 버려 인명 피해를 최대한 줄이자는 것이다.

이것은 생각보다 효율적이어서 지금까지 한국군 군사의 피해는 다른 나라에 비해 약 절반가량이었다.

호주군은 실소를 흘렸다.

─역시 화끈하군. 듣던 대로다.

─별말씀을.

한국군은 호주군에게 인근 지역에 몰려 있을 수도 있는 민간인을 대피시키도록 권고했다.

─무차별 폭격이 이어질 것이다. 민간인은 모두 피신시켰으면 한다.

─이미 모두 남부로 이주했다. 북부에는 코알라와 캥거루밖에 없다.

─동물 애호가들이 알면 아주 난리가 나겠군.

호주의 상징인 코알라와 캥거루가 타격을 받을 수도 있겠지만 어쩔 수 없는 일이었다.

대를 위한 소의 희생, 호주군은 그렇게 생각하기로 한 모양이다.

─연대의 폭격 시간은 언제인가?

─자네들만 괜찮다면 지금 당장 폭격을 퍼부을 수도 있다.

─좋아, 그럼 30분 후에 시작하도록 하지.

-입감.

비행연대는 타깃을 설정하고 자신들이 맡은 지역으로 날아가 자리를 잡았다.

-공격 1분 전, 타깃을 다시 한 번 확인하기 바란다.

-라져.

이윽고 공격이 시작되었다.

-공격 5초 전. 4, 3, 2, 1, 공격을 시작한다.

휘이이이잉!

마치 종이비행기가 날아가듯 조용한 하늘에서 갑자기 포탄이 쏟아져 내렸다.

콰앙!

"뭐, 뭐야?!"

"공습이다!"

위이이이잉!

한국군의 공급에 혼비백산한 인도군이 사이렌을 울리며 즉각적인 대응에 들어갔다.

하지만 이미 주요 시설이 폭격기에 의해 모두 손실된 그들이 할 수 있는 일은 같은 전투기로 대응하는 것뿐이었다.

그러나 그마저도 쉽지 않을 것았다.

-SASR 특수공작대대, 작전을 실시하겠다.

-전투기는 모두 파괴하도록.

─양호.

인도군이 가지고 있던 전투기는 모두 격납고에 들어가 있기 때문에 사전에 엔진만 폭파시키면 그만이다.

호주군 특수부대는 한국군이 폭격을 퍼붓는 사이에 적진으로 잠입해 엔진을 모두 파열시켰다.

─2중대, 폭파에 성공했다.

─잘했다. 이제 곧장 연안으로 이동해 한국군을 맞을 준비에 들어가자고.

─입감.

이제 한국군 함대는 파푸아뉴기니를 거쳐 호주에 상륙하게 될 것이다.

호주는 그들의 등장으로 인해 또다시 자유를 찾게 될 터였다.

*　　*　　*

한국군 함대는 호주 북부 지역에 도착하자마자 서북부 지역으로 진군했다.

호주 파병부대장 엄기춘 준장은 앞에 보이는 인도군 군사 시설에 걸린 국기를 바라보았다.

"처음 보는 국기군."

"러중일 연합의 국기랍니다. 일본의 뜨는 태양을 병풍 삼아 승천하는 한 마리의 용이라나?"

엄기춘은 실소를 흘렸다.

"미친놈들, 이젠 별의별 짓을 다 하는군."

모든 군대에는 상징적인 군기가 있는데, 저쪽 연합군은 해를 등지고 승천하는 용을 생각한 모양이다.

엄기춘은 직접 전함을 이끌고 드론부대를 출격시켰다.

"전 함대는 포격을 준비하고 예하 모든 전투함은 드론부대를 데리고 출격한다."

"예, 장군."

"전 함대, 포격을 준비하라."

─제1전함, 포격 준비 완료.

─발사!

퍼엉!

무려 400문이나 되는 함포가 불을 뿜었고, 인도군 거점 지역은 속수무책으로 무너져 내리기 시작했다.

먼 바다에서부터 쏘아대는 포격을 막아내기엔 인도군의 역량은 아직 모자랐다.

아무리 세계 4위의 군사 강국이라곤 해도 사거리 120㎞의 함포를 맞고 버틸 재간은 없었다.

인도군이 우왕좌왕하는 사이, 드론부대는 자신들이 가진

역량을 모두 총동원하여 항만 시설을 장악하기 시작했다.

쐐엥!

퉁퉁퉁퉁퉁!

마치 파리 떼처럼 뭉쳐 다니면서 보이는 족족 모든 것을 파괴하는 드론의 저력은 가히 압도적이었다.

드넓은 동남아시아를 보름도 안 되는 기간에 접수한 인도군으로서도 이들을 막을 방법은 없었다.

"적이 후퇴합니다."

"헬기모함과 전함에서 전투용 헬기를 출격시킨다."

"예, 장군."

해안을 순식간에 장악한 한국군은 헬기모함과 이지스모함에서 전투용 헬기를 출격시켰다.

다다다다다다!

500기의 중형 헬기와 400기의 소형 헬기가 후퇴하는 인도군에게 헬파이어 미사일을 난사했다.

슈웅, 쾅!

"크헉!"

"한국군 헬기부대다!"

"이런 제기랄!"

탱크까지 이끌고 후퇴하던 그들은 헬기가 쏜 미사일에 맞아 저승의 문턱을 밟고 말았다.

이제 인도군은 호주 서부의 외곽까지 도망갈 것이고, 함대
는 다시 전력을 둘로 나누어 그들을 압박할 것이다.

이곳에서 한국군이 일주일만 활약해 주면 미군이 서유럽
연합을 이끌고 올 테니 호주는 한시름 놓게 될 것이다.

엄기춘 준장은 호주군에게 연락을 취해 공병부대와 기술
인력 투입을 요청했다.

"여기는 한국군 사령선, 호주군 책임자 등장 바람."

—총리입니다!

"반갑습니다. 한국군 엄기춘 준장입니다."

—후우! 이것 참, 간이 떨어지는 줄 알았습니다. 혹시나 한
국군이 오지 않으면 어쩌나 하고 말입니다.

"하하, 그럴 리가 있겠습니까?"

—아무튼 이 먼 길을 와주셨으니 뭐라 감사의 말씀을 드려
야 할지 모르겠군요.

"감사는요, 우리는 모두 연합군 아닙니까?"

이제 전 세계는 둘로 나뉘어 흑백을 따지며 서로의 목에 칼
을 겨누었다.

이런 상황에서 동맹은 생명과도 같으며, 도움의 손길을 내
미는 데 거침이 없어야 할 것이다.

"서북부를 점령했습니다. 이곳으로 인력을 투입해 주시지
요."

─알겠습니다. 안 그래도 지금 민간인 기술자들과 자원봉사자 인부들이 대기하고 있는 중입니다.

"대처가 빨라서 좋군요."

호주는 재빠른 대처와 국민들의 단결로 이 사태를 이겨냈다.

엄기춘은 그들의 기지를 연합군이 본받아 지금 이 전란을 헤쳐 나갈 수 있기를 바랄 뿐이다.

＊　　　＊　　　＊

미국항공우주국[National Aeronautics and Space Administration].

이곳에선 거의 모든 인력을 세계대전에 쏟아붓고 있는 실정이다.

그중에서도 미시간 연구소는 첩보위성과 탄도미사일 개발 등을 담당하고 있었다.

천체과학자 마이클 테일러슨은 허블망원경으로 실제 인공위성의 움직임을 파악하며 타국 첩보위성과의 거리를 계산하고 있었다.

러시아와 중국의 첩보위성은 생각보다 그 숫자가 많으며, 통신 목적으로 쏘아 올린 일본의 위성 또한 만만치가 않았다.

물론 미국과 영국, 프랑스가 쏘아 올린 인공 역시 그 숫자가 많지만 언제 격추될지 모르는 일이다.

현재 러시아는 자국의 우주선 기술을 총동원하여 미국의 첩보위성을 격추시키는 계획을 수립하고 있었다.

이는 정보전에서의 절대적인 우위를 점하겠다는 뜻으로, 미국을 장님으로 만들어 전쟁에서 이기려는 속셈이다.

이에 마이클 테일러슨은 미군이 운영하는 첩보위성의 궤도를 철저하게 분석하여 관리하는 역할을 맡고 있었다.

오늘도 그는 차트를 만들고 그에 대한 통계를 내어 보고서를 작성했다.

사각사각.

아무런 소리도 들리지 않는 연구실, 그는 잠시 차트를 내려다보곤 이내 다시 망원경으로 눈을 돌렸다.

바로 그때였다.

꿀렁!

"으음?"

그는 방금 지구의 대기권 밖에서 기이한 공간의 일그러짐이 일어나는 것을 목격했다.

잠시 망원경에서 눈을 뗀 그는 두 눈을 비볐다.

"젠장, 너무 망원경을 뚫어져라 쳐다보았나?"

혹시나 하는 마음에 눈을 비비고 다시 망원경을 바라보는 마이클, 하지만 여전히 공간의 울렁임은 계속되고 있었다.

"…뭐지?"

순간 시공간의 울렁임은 아공간의 입구로 바뀌었고, 그 입구에서 별똥별이 미친 듯이 쏟아져 내리기 시작했다.

슝슝슝슝!

"허, 허억!"

본래 별똥별은 혜성이 타면서 만들어낸 꼬리가 빛의 굴절을 이뤄내 나타나는 현상이다.

이런 유성우는 몇십 년에 한 번씩 관측되곤 하는데, 그렇게까지 비자연적인 현상은 아니다.

또한 이렇게 공간의 일렁임에서부터 유성이 발견되는 경우는 한 번도 없었다.

그는 그 화면을 녹화하여 즉시 인터넷 클라우드 시스템으로 송신했다.

"경이롭군."

이것은 그의 과학자 인생에 있어 가장 큰 전환점이 될 터, 당연히 녹화를 하는 것이 옳았다.

"좋구나."

그 광경을 가만히 넋 놓고 바라보고 있던 그는 문득 유성우에서 뭔가 이상한 점을 느꼈다.

유성우의 꼬리가 늘어지거나 빛을 발하지 않고 뭔가 쇠사슬 같은 것을 매달고 있는 것처럼 보인 것이다.

"으음, 저건⋯⋯?"

잠시 후, 쇠사슬은 이내 몇천 개의 갈래로 갈라지더니 추락 지점을 가늠할 수 없을 만큼 넓게 퍼져 나갔다.

그 모양새는 마치 세포가 분열을 일으키는 것 같았으며, 추락 속도는 육안으로 가늠하기 힘들 정도로 빨랐다.

"⋯뭐야? 새로운 종류의 유성인가?"

아무리 생각해 보아도 그의 머리론 도저히 이해를 할 수 없는 현상이 이어지고 있었다.

갑자기 유성우가 만들어지더니 그것이 분열까지 하다니 그는 고개를 가로저었다.

"이게⋯ 정말 꿈이 아닌가?"

마이클은 다시 망원경으로 눈을 들이댔다.

그런데 바로 그때였다.

쐐에에에에엥!

"어, 어어어어어!"

망원경으로 하늘을 지켜보던 그의 시야로 점점 가까워져 오는 유성우가 보인다.

그리고 그 유성우는 정면으로 그를 향해 날아와 부딪쳤다.

콰앙!

대기권 밖에서부터 가속도를 받아 날아온 유성우가 직격으로 부딪친 지역은 그야말로 핵폭탄과 견줄 정도의 폭발을 일으켰다.

순식간에 미시간 연구소는 흔적도 없이 사라져 버렸으며, 그곳에는 형체를 알 수 없는 물체만이 가득했다.

꿀렁!

육각형의 초록색 물체는 정체 모를 액체와 생명체를 품고 있었는데, 아무래도 그 안에 든 것은 숨을 쉬고 있는 것 같았다.

그리고 잠시 후, 그 육각형 물체를 뚫고 인간의 형상을 한 생명체가 모습을 드러낸다.

"키엑, 키엑!"

몸이 검고 피부에 오돌토돌한 돌기 같은 것이 돋아난 이 정체불명의 생명체는 지독한 악취를 풍기고 있었다.

"끼이이에에엑!"

마치 쇠톱으로 철판을 긁는 듯한 괴성을 내지른 이 괴 생명체는 이내 땅을 파고 그 안으로 숨었다.

그리고 남은 육각형 물체의 껍질은 공기 중을 타고 바람과 함께 사라졌다.

4장

전쟁을 끝내기 위한
일격

　화수와 마도학자들은 드론모함의 위력을 전장에서 직접 실험했다.

　그 결과는 대성공.

　이 정도의 전투력이라면 굳이 사람이 전투를 진행할 필요가 없을 정도였다.

　이제 화수는 이 드론을 싣고 다니면서 전투를 벌일 수 있는 모선을 만들기로 했다.

　모선의 콘셉트는 하늘 위의 항공모함으로 총장은 무려 100미터에 달했다.

마도학자들은 이 엄청난 괴물을 움직이기 위해 울트라급 마나코어를 제작해야 했다.

마나 핵융합 발전기로 움직이는 드론모선은 추가 급유가 없이도 움직여야 하는 전제조건이 붙는다.

그 이유는 항공기가 지상에 착륙하고 나면 드론의 행동반경이 상당히 좁아지기 때문이다.

한마디로 드론모선은 한번 하늘로 올라가면 작전이 끝날 때까지 절대 내려올 일이 없다는 소리다.

화수는 직경 15미터의 거대한 마나코어를 만들어냈는데, 문제는 이것을 어떻게 핵융합 발전기와 접목시키느냐는 것이었다.

핵융합 마나 발전의 핵심 기술은 내부 열을 잡아 엔진이 과열되는 것을 막는 것이다.

이것을 막을 수 있다면 열 손실이 거의 제로에 가까운 고효율의 핵융합 발전이 가능하게 된다.

샤넬리아는 이것을 가능하게 만드는 유일한 방법에 대해서 설명했다.

"우리는 티타늄에 오리하르콘을 도금하고 그 안쪽에 화이트 드래곤아이를 갈아서 넣을 것이다."

"화이트 드래곤아이?"

마도학자들은 잘 모르지만 연금술사인 샤넬리아는 이 화

이트 드래곤아이를 꽤나 자주 사용해 왔다.

해발 7,000미터 이상의 만년설산에서 구한 얼음으로 만드
는 이 화이트 드래곤아이는 열을 흡수하여 철의 내부 온도를
낮추는 역할을 한다.

만년설의 냉기를 미스릴 안에 가두고 그것을 영구적으로
보존하기 위한 마법진을 그려 넣는다.

그리고 그 후에 마나 용광로에 그것을 넣고 가열하게 되면
비로소 화이트 드래곤아이가 완성된다.

원래 화이트 드래곤아이는 9서클 이상의 마법사가 무려
10년 동안 공을 들여 마나를 주입해야 완성된다.

그렇기 때문에 그 가격이 가히 성 하나와 맞바꿀 정도로 비
쌌다.

하지만 화수가 마나 용광로를 개발하고 나서는 그 가격이
무려 100분의 1로 떨어져 거의 모든 성에 비치되어 있을 정도
였다.

얼음으로 열을 막는 용도이기 때문에 주로 공성전이나 재
난 구호에 사용되곤 했지만, 그 사용 빈도는 생각보다 높았
다.

때문에 샤넬리아 역시 그 생산 공정에 대해 정확하게 알고
있었다.

"화이트 드래곤아이는 마그마에서도 버틸 수 있을 정도로

뛰어난 방열 기능을 갖고 있다. 하지만 그에 대한 열 손실은 엄청나다고 할 수 있다."

"그럼 핵융합에서 나오는 복사열을 다시 사용할 수 없을 텐데?"

"아니, 그렇지 않다. 핵분열 터빈에서 나오는 열은 계속해서 재사용하면서 그 겉면에 보험을 들어두는 것이다. 그렇게 되면 혹시나 문제가 생겨도 상관이 없지 않겠나?"

"아아, 그러니까 이 화이트 드래곤아이는 발전기의 겉면을 감싸는 역할을 하는 것이군."

"그렇지."

지금 문제는 핵 발전기가 폭주를 일으키는 것이다.

그런데 그 혹시나 모를 사태를 미연에 방지할 수 있는 보험이 있다면 문제는 모두 해결된 셈이다.

"화이트 드래곤아이는 해발 7,000미터 정상에서 채취해야 한다."

"에베레스트로 가면 되겠군."

"누가 가서 얼음을 구해올 것인가?"

샤넬리아의 물음에 베네노아가 손을 들었다.

"제가 가겠습니다."

"괜찮겠나?"

"아주 예전 젊은 시절에 한 번 가본 적이 있습니다. 비록 정상까지 가본 적은 없지만 중턱까진 가본 적이 있습니다."

"좋아, 그럼 헬기를 대동하고 신속하게 다녀올 수 있도록."

"알겠습니다."

이제 베네노아는 곧장 에베레스트로 떠날 것이고, 화수와 나머지 마도학자들은 계속해서 모선 제작에 돌입했다.

*   *   *

에베레스트에서 얼음을 채취하는 것은 그렇게 어려운 일이 아니지만, 이것을 구하기 위해선 중국 내부로 진입해야 한다.

한마디로 전쟁 중에 적진 한가운데로 직접 뛰어들어야 한다는 소리다.

그는 네팔과 중국의 국경지대인 히말라야산맥으로 들어가기 위해 전문 브로커를 찾았다.

중국 흑사회에서 북한 사람들을 외국으로 도주시켜 주던 왕창만은 탈북자들을 히말라야산맥으로 데려오곤 했다.

이곳의 경계는 상당히 느슨한 편인데, 이곳을 지나면 곧장 인도까지 갈 수 있기 때문에 많은 브로커가 자주 애용하는 탈북 루트이기도 했다.

왕창만은 무려 5년 만에 자신을 찾아온 베네노아를 난감한

눈초리로 바라보았다.

"5년 만에 찾아와서 갑자기 에베레스트로 가겠다니 이것 참⋯⋯."

"부탁 좀 하지. 자네가 나에게 빚진 것도 꽤 있지 않나?"

북에서 사람들을 빼내서 인도를 거쳐 미국까지 가는 과정은 상당히 까다롭고 어려웠다.

그래서 그는 인도를 통해 미국까지 가는 밀항선에 탈북자들을 태워 플로리다에 숨겨두기도 했다.

그때마다 그는 베네노아에게 신세를 졌는데, 대부분은 가짜 신분증이나 위조 여권을 판매하는 일이었다.

그 덕분에 왕창만은 중국에서 가장 유능한 브로커가 될 수 있었고, 결국엔 조직에서 분가하여 자신의 일가를 이룰 수 있게 되었다.

신의를 중요하게 생각하는 그이기에 베네노아의 부탁을 도저히 거절할 수가 없었다.

하지만 이 사안은 함부로 수락하기엔 너무나 위험한 일이었다.

"이 일이 얼마나 위험한 것인지는 알고 있나? 지금 중국은 미국인을 보는 족족 학살하고 있다네. 아시다시피 중국에는 꽤 많은 미국인 사업자가 있었어. 하지만 지금은 아예 찾아볼 수가 없지. 그 많은 미국인이 중국 땅을 떠나지 못하고 그 자리에서 학살당한 거야."

"잘 알고 있다네. 나도 미국인이니 그 정도는 알아."

"그런데도 중국으로 가겠다는 건가?"

"때론 목숨을 걸어야 하는 법이네. 자네가 도와주지 않는 다면 나 혼자서라도 갈 생각이야."

그는 고개를 가로저었다.

"이 친구 참……."

중국은 미국인들을 보이는 족족 학살했는데, 그 학살에는 남녀노소의 구분이 없었다.

그들은 적대국의 국민을 수탈하고 노예로 삼는 대신 아예 씨를 말려 공포감 조성에 이용한 것이다.

그 결과 중국에 거주하고 있던 미국인 전원이 사살되어 시 신조차 수습할 수가 없었다.

만약 베네노아가 중국으로 잠입했다가 적발되면 그 즉시 참수형에 처해질 것이다.

하지만 그는 이번 작전이 얼마나 중요한 일인지 너무나도 잘 알고 있었다.

"어떻게, 도와주겠나?"

"…좋아, 그럼 이번 한 번만 도와주도록 하지."

"정말인가?"

"하지만 나갈 때는 자네가 알아서 나가야 하네. 알고 있지?"

"물론일세. 들어가는 것만 신세지면 돼. 나가는 것은 내가 알아서 하지."

"휴우, 자네를 누가 말려."

"후후, 그러게 말일세."

베네노아는 왕창만의 도움으로 에베레스트로 갈 수 있게 되었다.

* * *

마도학으로 제작한 소형 헬기를 정밀 분해시킨 베네노아는 그것을 하나하나 따로 포장하여 2.5톤 트럭에 선적했다.

나무 상자에 나누어 담은 소형 헬기는 티베트자치구의 소수민족들에게 전해줄 구호물자로 위장되어 있었다.

실제로 이곳에는 티베트자치구 주민들에게 나누어줄 식량도 대거 들어 있었다.

푸저우에서 육로로 이동하게 될 베네노아는 에베레스트에서 얼음을 채취하고 나면 곧장 헬기를 타고 한국군령으로 돌아갈 것이다.

아무리 얼음을 잘 포장한다고 해도 만년설이 녹으면 작전은 말짱 꽝이기 때문이다.

지금 그가 육상으로 헬기를 옮겨 에베레스트까지 가는 것도 모두 연료를 아끼기 위함이었다.

티베트에서 산둥반도까지 쉬지 않고 이동하자면 연료를 최대한 아껴야 하는데, 연안에서 헬기를 띄우면 산둥반도까지 갈 수가 없다.

때문에 그는 현장에서 직접 헬기를 조립시켜 해발 7,000미터까지 날아올라 작업을 진행한 후 곧장 적진을 뚫고 산둥반도까지 갈 계획이다.

중국 푸저우의 항구.

이제 막 밀항선을 타고 들어온 그는 중국 정부 보급공무원 명찰을 착용했다.

2.5톤 트럭을 직접 운전하는 그의 얼굴에는 인면피구가 씌워져 있었다.

마나코어로 만들어낸 이 인면피구는 그가 서양인이라는 것을 은폐시켜 줄 것이다.

"정지. 잠시 검문이 있겠습니다."

그는 병사들에게 보급공무원의 직함이 적힌 명찰을 내밀었다.

"보급과에서 나왔습니다. 지금 티베트자치구에 식량을 전달하러 갑니다."

"꽤나 먼 길을 가시는군요."

"그 사람들도 먹고살아야 할 것 아닙니까?"

이윽고 병사들은 그의 짐칸을 열어 그 안을 수색하기 시작했다.

"안을 좀 들여다봐도 되겠지요?"

"물론입니다."

나무 상자 안에는 전부 먹을 것으로 가득 찬 것처럼 보였기 때문에 아무리 수색을 한다고 해도 문제될 것이 없었다.

또한 마나코어 자체가 금속과는 조금 다른 개념을 갖기 때문에 금속탐지기에도 걸리지 않는다.

약 5분 정도 수색을 한 중국군이 그에게 거수경례를 올렸다.

"실례 많았습니다. 시간 빼앗아서 죄송합니다."

"아닙니다. 별말씀을요."

베네노아는 가볍게 검색을 통과하고 유유히 차를 몰아 티베트자치구로 향했다.

*   *   *

중국 정부는 지속되는 전쟁에 대비하여 소수민족들에게 미리 식량을 배급하고 그것을 관리할 수 있는 군대를 파견했다.

중국은 수많은 소수민족을 통합하고 있었는데, 그들의 존재는 항상 시한폭탄과도 같았다.

비록 힘이 없어서 중국 정부에게 순종하고 있긴 하지만 그들은 어디까지나 본래 중국인은 아니었다.

그렇기 때문에 중국은 항상 동북공정에 열을 올렸고, 역사를 하나로 통합하여 정신까지 지배할 계획을 세웠다.

중국 정부가 이렇게 외곽에 신경을 쓰는 동안, 중국의 거리는 상당히 황폐해져 있었다.

아무리 빈부 격차가 큰 중국이라곤 하지만 길거리에 사람들이 굶어 쓰러져 가는 일은 없었다.

그만큼 지금 중국 정부의 상황이 그다지 좋지 않다는 뜻이다.

베네노아는 티베트자치구를 향해 여행하면서 꽤나 많은 도시를 거쳐 왔다.

그중에는 아시안게임이 열린 광저우도 있었으며, 상업의 중심지 충칭도 포함되어 있었다.

특히나 충칭의 경우엔 지방정부의 자산이 비교적 많은 편이었음에도 불구하고 사람들은 밥을 굶기 일쑤였다.

그 때문에 소수민족에 대한 중국 국민의 불신감은 점점 더 커져만 가고 있었다.

"캬악, 퉤! 에라, 이거나 먹어라!"

"나도 밥을 좀 먹자! 도대체 저 소수민족이 뭐길래 자국민까지 굶긴단 말이야?!"

신호 대기에 걸린 베네노아의 차를 발견한 취객이 가래침을 뱉어냈다.

베네노아는 곁에 탄 왕창만에게 물었다.

"소수민족에 대한 반감이 상당히 높군. 식량난이 그만큼 심각하다는 뜻인가?"

"뭐, 그렇다고 볼 수 있지. 하지만 꼭 그런 이유 때문만은 아니야."

그는 중국군의 징집보고서 중 한 부분을 베네노아에게 보여주며 말했다.

"자, 보게. 중국인들이 군에 입대한 내역이네. 잘 보면 특이한 점을 찾을 수 있을 걸세."

베네노아는 보고서에는 소수민족을 동원했다는 내역이 없다는 사실을 알 수 있었다.

"본토에서만 징집하고 소수민족 자치민에겐 군역을 지우지 않았던 것이군."

"그래, 그것은 중국이 소수민족을 통합하여 유지하는 데 가장 큰 영향을 미치고 있다네."

중국인들은 자국민의 아들들을 데려가 전쟁에 동원하면서도 소수민족은 아예 건드리지도 않는 정부를 원망하고 있었다.

이것은 생각보다 심각한 사태로 이어질 수 있는데, 잘못하면 중국인들이 소수민족을 탄압하는 지경에 이를 수도 있었다.

그렇게 되면 소수민족은 또다시 분열을 일으킬 것이고 중국 정부는 티베트를 비롯한 소수민족의 반란을 걱정하며 살아야 한다.

언제까지고 소수민족을 끌어안을 수 없다면 그들은 언제나 그랬듯이 또다시 중국을 황폐화시킬 것이다.

소수민족이 중국의 본토를 약탈하고 영토 확장을 위해 몸부림을 친 것은 하루 이틀의 일이 아니다.

하지만 중국 정부는 소수민족에게 식량을 공급하는 일을 멈출 수가 없었다.

지금까지 소수민족이 중국 영토를 침범한 것은 대부분 극심한 식량난과 생활의 빈곤 때문이었다.

만약 소수민족이 생업 전선을 중국 본토에 빼앗긴 채로 격리된다면 중국은 골머리를 앓게 될 것이다.

한마디로 지금 중국은 딱히 좋은 상황에 놓인 것이 아니라는 소리였다.

'어쩌면…….'

잘하면 전쟁을 끝낼 수 있을 것도 같다는 생각이 드는 베네노아였다.

        *   *   *

티베트와 네팔의 국경지대.

이곳에 히말라야 최고봉인 에베레스트가 위치해 있다.

해발 8,000미터의 에베레스트는 등산가들이 자신의 평생 숙원으로 꼽는 K2가 있으며, 이곳은 신이 허락한 사람만이 들어갈 수 있다고 알려져 있었다.

다다다다다다!

하지만 그런 K2에 헬기 한 대가 홀연히 나타나 만년설 위에 살포시 내려앉았다.

경헬기 특유의 작은 몸체는 바람에 약하여 잘못하면 산바람을 타고 추락할 위험이 있다.

그러나 지금 이 헬기는 바람 자체를 흡수하여 동력으로 사용하는 마나코어 융합 헬기였다.

때문에 그 어떤 돌풍이 분다고 해도 헬기가 날려가 추락하는 일은 일어나지 않을 것이다.

드르르륵!

헬기의 문을 열고 나온 사람은 바로 베네노아, 그는 약 1kg 가량의 만년설을 채취하여 아이스박스에 담았다.

1kg의 만년설은 1톤의 화이트 드래곤아이를 생성할 수 있

었다.

이 정도 양이라면 드론모선 부대를 만들어 하늘을 꽉 채우고도 남을 것이다.

"다 되었군."

이 간단한 작업을 위해서 국경선까지 넘은 그는 이제 다시 본토로 돌아가기 위해 헬기에 올랐다.

베네노아는 헬기를 대기권 끄트머리까지 띄워 적국의 레이더망에 발각되지 않도록 했다.

보통 사람이라면 지금 이 비행을 버틸 수 없을 테지만, 그는 마나코어로 개조된 마도병기였다.

그의 신체 능력이라면 지금의 이 희박한 산소만으로도 충분히 호흡하며 비행할 수 있었다.

베네노아는 수시로 본토와 교신하면서 헬기를 몰았다.

"지금 후난성을 지나고 있다."

─적의 동태는 어떤가? 불안하지는 않은가?

"아무리 저놈들의 머릿수가 세계 최강이라곤 해도 자신들의 영공 높은 곳까지 감시할 수는 없을 테지."

─후후, 다행이군.

아마 그 어떤 사람도 이렇게 높은 고도에서 경비행기를 타고 여행한다곤 전혀 상상하지 못할 것이다.

그나마 여객기 정도는 되어야 대기권 최상층에서 운행할 수 있다.

그가 작전을 위해 중국의 영공을 가로지르기로 한 것은 바로 이런 허점을 찌르기 위함이었다.

결국 그 허점을 찌른 전략이 먹혀들어 순항을 거듭하고 있는 것이다.

베네노아는 그대로 헬기를 몰아 산둥반도까지 단숨에 날아갔다.

*   *   *

에베레스트에서 채취한 만년설로 만든 화이트 드래곤아이의 단열 성능은 가히 절대적이라고 할 수 있었다.

무려 1,800도가 넘는 엄청난 열을 뿜어내는 핵융합 마나코어가 안정적으로 에너지를 생성할 수 있었던 것이다.

열을 잡아내는 것이 가능해졌으니 당연히 다음 작업은 일사천리로 진행되었다.

직경 15미터의 초거대 마나코어 발전기를 고안해 낸 화수는 이것으로 동력을 전달할 수 있는 마나신경체계를 구축했다.

그리고 그것을 감싸 안을 선체를 제작했는데, 당초 그가 생각한 비행기보다 약 세 배가 큰 모델이 완성되었다.

마도학자들은 원래 100미터 크기의 비행기를 고안해 냈지만, 그것은 현실적으로 불가능했다.

모선의 역할을 한다는 것은 상당히 획기적인 생각이지만 자체 방어력이 거의 없는 기체이기 때문에 무장력은 필수적이었던 것이다.

또한 모선을 제외한 다른 전투기나 헬기의 유무도 생각해야 하기 때문에 100미터론 도저히 어림도 없었다.

한마디로 드론모선은 그 자체만으로도 전투가 가능하며, 폭격기까지 동원 가능한 최초의 폭격모선이라는 것이다.

기체를 따로 만들고 접합하는 과정은 아예 새로운 발상으로 이뤄져야 했다.

화수는 드론모선에 첨단 시스템을 도입했는데, 이것은 해군의 이지스함을 넘어섰다.

어뢰를 탐지하거나 미사일을 격추시키는 것으로도 모자라 마하 3.0의 전투기를 격추시켜야 하는 이지스모선의 경우엔 일반적인 설계로는 도저히 답이 나오지 않았다.

그래서 화수는 이것을 아주 거대한 요새처럼 만들어 띄우기로 했다.

화수는 철광석을 마나용광로에 넣어 단련시킨 후, 그 위에 다시 미스릴을 덧대어 기체 자체가 마나 반응에 빠르도록 만들었다.

그리고 총 300개의 중형 마나코어를 곳곳에 부착하여 30만 톤에 달하는 비행선을 띄울 수 있는 동력을 창출해 냈다.

위이이이이잉!

총 8개의 터빈이 공중부양에 필요한 동력을 만들어내는 실험이 이뤄지고 있다.

찬미는 슈퍼컴퓨터 10대를 동시에 작동시켜 이지스모선에 대한 데이터를 창출하고 있는 중이다.

"마나 열복합 터빈은 안정적으로 작동하고 있어요. 복사열 터보엔진 역시 안정적이에요. 이대로라면 충분히 항해가 가능해요."

무려 30만 톤에 달하는 항공기를 띄우는 데 성공한 샤넬리아는 뿌듯한 미소를 지었다.

"후후, 내 평생에 이런 괴물을 만들어내게 될 줄이야."

"그러게 말이야. 하지만 아직 이것을 완성하자면 시일이 꽤나 걸릴 거야. 한마디로 지금부터가 시작이라는 소리지."

시작부터가 창대한 드론모선의 제작은 그 끝을 알 수 없는 대장정을 시작했다.

"우선 국방부와 나사에 연락을 취해 인력을 보충해야겠습니다. 지금 미국에 연락이 가능합니까?"

"네, 당장 인력을 동원할 수 있습니다."

화수는 자신이 이 작업에 필요하다고 판단되는 인력에 대한 데이터를 즉석에서 유추해 낸다.

"으음, 약 1만 명이면 적당하겠군요."

"네? 그렇게나 많이 필요할까요?"

"우리는 지금 전쟁 중입니다. 천년만년 모선 개발에만 매달릴 수 없다는 소리지요. 그렇다면 개발을 단기간에 끝내야 하는데, 그것이 가능하자면 1만 명은 필요합니다."

베네노아는 고개를 끄덕였다.

"알겠습니다. 지금 당장 미항공우주국에 연락을 넣겠습니다."

"좋아요. 그럼 저는 계속해서 방어 체계를 완성하도록 하지요."

어느새 외교를 담당하는 역할을 하게 된 베네노아는 이내 미국과 연락을 취하기 위해 사무실로 향했다.

*　　　*　　　*

화수는 한미 양국에 드론모선 프로젝트를 진행한다는 소식을 통보했고, 그에 대한 성과까지 알려주었다.

그러자 한미 양국은 너 나 할 것 없이 드론모선 제작에 인력을 투입하기 위해 자국의 인력을 총동원했다.

화수가 구상한 전천후 만능 전투모선인 '백야함'은 독립군 총사령관이던 김좌진 장군을 계승하는 의미를 갖는다.

지금 유럽의 전황이 썩 좋지 않은 것을 감안했을 때, 한미동맹은 뭔가 특단의 조치가 필요하다고 생각했다.

하지만 동맹국들의 고전을 단박에 뒤집을 수 있는 아이디어는 좀처럼 나오지 않고 있었다.

그러던 와중에 화수의 백야 프로젝트가 발의되었으니 당연히 양국은 전력투구를 할 수밖에 없었다.

애당초 1만 명을 목표로 한 화수의 인력 모집은 무려 3만 명이라는 어마어마한 인력을 확충으로 그 끝을 맺을 수 있었다.

항공기술자부터 설비업자, 심지어 용접기술자까지 모여든 인력 모집은 화수의 프로젝트가 단기간에 끝날 수 있도록 해줄 것이다.

작업을 총괄하게 된 화수는 기술자 한 명 한 명에게 임무가 주어지게끔 철저한 분업을 단행했다.

각자 가진 기술에 따라서 임무가 배정되었는데, 대부분 한 달 안에 그것을 끝낼 수 있도록 했다.

큰 틀은 마도기계들이 알아서 제작하고 그 안에 들어갈 부품을 사람들이 직접 손으로 제작하게 되는 것이다.

그렇게 되기 위해선 비행기 제작에 쓰이는 천장크레인이

필요했다.

항공기는 창고 끝에서부터 끝까지 이동하는 동안 점차적으로 작업을 진행하여 그곳에 맞는 부품을 끼워 맞추는 식으로 작업한다.

화수는 가장 먼저 만들어진 뼈대에 강판을 붙이고 각종 해치를 만드는 작업을 실시했다.

치지지지지직!

마나코어로 만들어진 용접기는 작업의 속도를 높이는 데혁혁한 공을 세웠다.

별도의 설비가 필요하지 않은 마나용접기는 작업 시간을무려 3분의 1로 단축시킬 수 있었다.

화수는 설계도를 가지고 다니면서 일일이 작업 현장을 확인했다.

손발이 착착 맞아 돌아가는 현장을 바라보며 화수는 흡족한 미소를 지었다.

"으음, 좋군."

비록 마피아 출신이긴 하지만 베네노아의 협상 능력은 가히 타의 추종을 불허할 정도였다.

화수는 그의 뇌에 마나코어를 이식하면서 베네노아의 지적 능력과 두뇌 능력을 비약적으로 높여주었다.

뇌의 거의 모든 부분을 활용할 수 있게 된 베네노아는 그것을 뛰어난 협상가 기질로 승화시킨 것이다.

거기에 뛰어난 암기력과 암산까지 더해져 각 상황에 따른 임기응변이 가능해졌다.

한마디로 지금 베네노아는 거의 완벽한 외교관으로 거듭나고 있는 것이다.

아마 그가 외교관으로 직종을 변환한다면 상당히 뛰어난 인재가 탄생할 수도 있을 터였다.

하지만 지금은 전쟁에 집중하고 그것만을 위해 달려갈 때였다.

베네노아의 작품을 잠시 감상하던 화수에게 전화가 걸려왔다.

드르르륵!

[리처드]

화수의 지시로 프랑스 파리로 건너간 리처드가 화수에게 연락을 해온 것이다.

"그래, 나다."

─형님, 접니다. 통화 괜찮으십니까?

"말해도 된다."

─지금 프랑스에서 급하게 함대를 파견해 주길 바라고 있

습니다.

"으음, 그래? 상황이 그렇게 좋지 않은가?"

—네, 그렇습니다.

프랑스 군정에서 화수를 파리로 초대했는데 그는 바쁜 자신을 대신에 리처드를 대리인으로 보냈다.

그곳에서 군정의 얘기를 직접 전해 들은 리처드는 상황을 지켜보면서 화수에게 틈틈이 연락을 취해왔다.

리처드는 지금 프랑스로 중동유럽연합군이 침공을 준비하고 있다는 소식을 들었다.

하지만 그것은 생각보다 오랜 시일이 걸릴 것으로 예상되었는데, 어쩐 일인지 중동유럽연합이 침공을 서두르는 것 같았다.

"시일이 얼마나 남은 것 같나?"

—길어봐야 삼 일쯤 될 겁니다.

"으음, 시일이 촉박한데……."

—영국군이 최대한 지원하여 중동유럽연합군을 막아낼 테지만, 그들 역시 스칸디나비아 3국의 공격을 막아내기에도 급급할 것입니다.

만약 지금 유럽이 무너지게 되면 아메리카 대륙은 물론이고 오세아니아까지 위험할 수 있다.

그 영향으로 인해 안 그래도 공략이 쉽지 않은 중동이 더욱

활기를 되찾을 테니 서유럽의 존립이 염려되었다.

"알겠다. 지금 최대한 많은 전투기와 전함을 보낼 수 있도록 얘기해 볼게."

─감사합니다, 형님.

"후후, 감사는 무슨."

이윽고 리처드가 전화를 끊자 곧장 정부에서 전화가 걸려 왔다.

"네, 강화수입니다."

─강화수 회장님, 국방부입니다.

"차관님이시군요. 어쩐 일이십니까?"

─각하께서 찾으십니다.

"대통령께서 저를 말입니까?"

─직접 그곳으로 가겠다고 하시는데, 시간이 괜찮으시겠습니까?

갑자기 대통령이 화수를 찾아온다니 상당히 이례적인 일이다.

"알겠습니다. 오늘 시간을 비워놓겠습니다."

─그럼 오늘 밤 그곳으로 찾아뵙겠습니다.

국방부와의 전화를 끝낸 화수는 자신의 숙소로 향했다.

*　　　*　　　*

한국 대통령 최성균은 화수가 머물며 국방에 힘쓰고 있는 군수공장을 찾았다.

약 열 평 남짓한 화수의 숙소에 들어선 최성균은 양쪽 미간을 찌푸렸다.

"한국군의 핵심이나 다름없는 회장님께서 이런 쪽방에서 지내시다니 뭔가 좀 잘못되었군요."

"하하, 아닙니다. 제가 좋아서 이렇게 지은 것뿐입니다."

"아무리 그래도 그렇지."

"방이 크면 치우기도 힘들고 관리하기도 힘듭니다. 지금은 인력을 최대한 줄일 때인지라 어쩔 수 없지요."

"회장님께서 그렇다면 어쩔 수 없지만……."

이윽고 화수는 최성균에게 녹차를 한 잔 건넸다.

"제가 준비한 것이 별로 없어서 이렇게밖에 대접을 못합니다."

"괜찮습니다. 대접은 우리 쪽에서 이미 준비했으니 걱정하실 필요 없습니다."

"그게 무슨……."

잠시 후, 최성균의 명령에 따라 한국의 전통주인 소곡주와 주안상이 준비되어 들어왔다.

"제가 회장님과 술을 한잔하고 싶어서 준비했습니다. 괜찮으실지 모르겠군요."

"뭐, 그런 것을 다……."

"듣자 하니 술을 즐긴다고 하시더군요. 그래서 준비했습니다."

"감사합니다."

최성균은 주안상을 놓고 마주 앉은 화수에게 술을 한 잔 권했다.

"일단 한 잔 받으시지요."

"네, 감사합니다."

술잔을 받은 화수는 즉시 그것을 비운 후 최성균에게 잔을 내밀었다.

"한 잔 하시죠."

"그럼 그럴까요?"

이내 화수의 술잔을 받은 그 역시 잔을 비웠다.

꿀꺽!

"크음, 좋군요."

그는 잔을 내려놓으며 말했다.

"제가 왜 갑자기 술자리를 갖자고 했는지 궁금하시겠지요?"

"네, 그렇습니다."

"이런 말씀을 드리긴 좀 뭣합니다만, 그래도 어쩔 수 없군요. 시국이 시국이니만큼 단도직입적으로 말씀드리겠습니다."

"무슨……."

"차기 국방부장관이 되어주셨으면 합니다."

순간, 화수는 자신의 귀를 의심했다.

"네, 네?!"

"말 그대로입니다. 지금 정명관 장관님께선 건강이 좋지 않습니다. 조만간 요양이 필요한 지경입니다. 전쟁이 언제 끝날지 모르는 마당에 국방부장관님의 와병설이 도는 것은 그리 좋은 일이 아닙니다."

"와병이라니, 그렇게 상태가 좋지 않은 겁니까?"

"위암 4기입니다. 암세포가 온몸으로 전이되었지요. 잘못하면 지금 당장 사망할 수도 있는 상황입니다. 그나마 진통제로 근근이 버티고 있는 중이지요."

정명관의 건강이 별로 좋지 않다는 것은 화수도 익히 알고 있었지만, 이 정도로 심각한 지경인 줄은 미처 몰랐다.

"그런 사정이 있는 줄은 미처 몰랐습니다."

최성균은 화수에게 정명관의 CT 사진과 의사의 소견서를 건넸다.

"보면 아시겠지만 이 상태론 걸어 다닐 수조차 없습니다. 저 흰색이 모두 암 덩어리라고 보시면 됩니다."

희수가 와병 생활을 하면서 화수는 CT나 MRI를 드문드문 볼 수 있게 되었다.

더군다나 환생을 거치면서는 의학적 지식까지 쌓았으니 당연히 그것을 알아보지 못할 리 없었다.

전문가가 아닌 화수가 보기에도 그의 상태는 상당히 심각한 것 같았다.

"이런……."

"국가의 존립도 중요하지만 정명관 장관님의 남은 생애도 중요하다고 생각합니다. 이젠 그를 놓아줄 때가 되었지요."

정명관은 지금까지 국가에 충성하며 청춘과 황혼을 다 바쳤다.

청렴결백의 상징이며 맹장으로서의 위용까지 떨친 그는 모든 군인의 표상이라고 할 수 있었다.

하지만 그런 그의 말년은 그다지 편안하지 않을 것 같았다.

"흠……."

"만약 회장님만 괜찮다면 지금 당장 국방부장관을 교체할 수 있는 권한을 발의하겠습니다. 아마 이 안건을 국민투표로 진행한다면 민심은 회장님을 향할 겁니다."

나라가 있어야 가족도 있다는 사실을 잘 아는 화수이지만 그를 따르는 저 많은 직원을 나 몰라라 할 수는 없었다.

"하지만 각하, 저 역시 수많은 직원을 건사하고 있습니다.

제가 없으면 그룹은 휘청거리고 말 겁니다."

그는 화수에게 사진을 한 장 건넸다.

"이건……."

"베네노아 씨의 사진이지요. 듣자 하니 이분께서 상당한 수완이 있다고 하더군요."

암암리에 베네노아의 수완이 꽤나 유명해진 모양이다.

아무리 정보력이 막강한 대통령이라곤 하나 일개 이사의 신원까지 파악하고 있기란 쉽지 않은 일이다.

"제 생각엔 베네노아 씨에게 경영을 맡기고 회장님께서 명예회장 겸 국방부장관을 지내면 어떨까 합니다."

"그러니까 제가 국방부와 그룹을 동시에 총괄하라는 말씀이십니까?"

"그렇습니다."

동시에 두 조직을 맡는 일은 결코 쉽지 않았다. 더군다나 나라의 국방을 책임지는 국방부장관의 자리는 좀처럼 받아들이기 쉽지 않았다.

"흠……."

"복잡하실 것이라고 생각됩니다. 하지만 정명관 장관님께서도 나라를 걱정하시어 저에게 직접 얘기하신 것이니 긍정적으로 생각해 주셨으면 합니다."

최성균은 이내 자리에서 일어났다.

"이번 주 안으로 결정을 내려주셨으면 좋겠습니다. 장관님께서 언제 쓰러질지 모르니 말입니다."

이윽고 그는 화수의 방을 나섰고 홀로 남은 화수는 깊은 생각에 잠겼다.

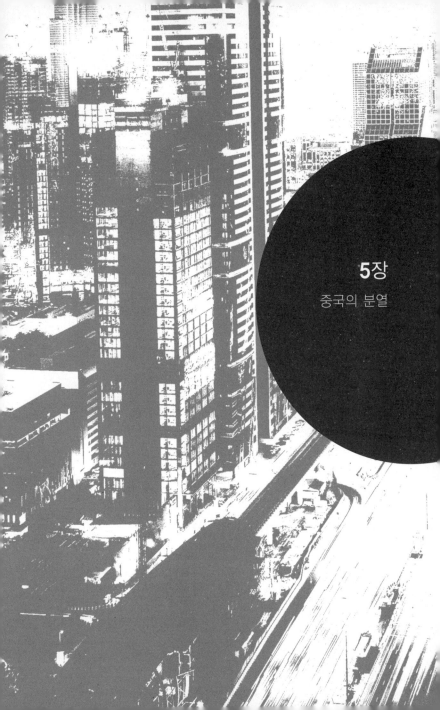

5장

중국의 분열

　프랑스 칼레와 니스를 잇는 서유럽 전선.

　지금 이곳으론 중동유럽연합의 파상공세가 이어지고 있었다.

　무려 60만에 육박하는 보병과 독일의 전차군단이 프랑스를 선제 타격하면서 유럽에도 3차 세계대전의 피바람이 불어닥친 것이다.

　독일의 육군은 1995년에 창설되어 지금까지 점차적으로 군사력을 축소시킨 것으로 알려져 있었지만, 그들이 가진 예비 전력은 상상 그 이상이었다.

그들은 세계대전이 일어나고 난 후, 세계가 모두 편 가르기를 하는 시점부터 전차와 전투기를 제작하기 시작했다.

또한 함부르크와 브레멘 지역에 상주하고 있던 함대를 개편하고 추가 선박을 건조시켜 쇠퇴한 해군력을 증강시켰다.

대부분의 동유럽 군사력은 오랜 평화 시대의 지속으로 그다지 성장하지 못했다.

때문에 3차 세계대전이 일어났을 때, 비약적으로 나라의 잠재력을 폭발시켜 군대를 양성한 것이다.

표면상으로 드러나지 않던 예비 전력이 전력화되면서 중동유럽의 군사력은 서서히 이빨을 드러냈다.

이런 중동부 유럽의 저돌적인 진격을 막아내는 것은 프랑스의 1차 저지선이었는데, 프랑스 정부는 이 저지선에 모든 전력을 쏟아붓고 있는 실정이었다.

프랑스 니스 전선, 이곳은 지금 상륙군과 해군력을 동시에 막아내느라 정신이 없는 상태였다.

사실 현재 유럽은 중동연합과 일본의 경제 압박으로 인해 울며 겨자 먹기로 군대를 동원하고 있었다.

일단 전쟁이 벌어졌으니 어쩔 수 없이 군을 동원한 것이다.

하지만 이미 물은 엎질러진 물이니 이번 전쟁에서 승리할 수 있도록 나라의 모든 군사력을 동원했다.

티레니아해 해상전선에서 프랑스 제3함대가 악전고투를 벌이고 있었다.

루이드 쇼리베드뇽 준장은 제3함대를 이끌며 직접 전선에 서서 군사를 지휘했다.

"적의 함포가 날아옵니다!"

"제기랄! 긴급히 회피기동을 펼친다!"

"예!"

스페인과 영국의 함대가 전방에서 선전하고 있긴 하지만, 무려 20개국 연합군의 저력은 무시무시했다.

북해와 티레니아해의 교전은 각기 다른 양상을 보이고 있었는데, 거의 모든 항공모함이 티레니아해에 결집되어 있었다.

그렇다 보니 이곳의 전황은 말로 표현하기 힘들 정도로 복잡했다.

루이드 준장은 니스 연안을 방어하는 임무를 맡고 있었다. 이곳은 해군과 해병대의 양동작전을 막아내느라 정신이 없었다.

함대를 정비하고 육군까지 지원하자면 잠시라도 가만히 있을 틈이 없었다.

루이드 준장은 지금 항공모함에 탑승하여 전장을 지휘했다. 해군의 핵심인 항모로 해군의 집중 포화가 이어지고 있었다.

쾅!

"크윽!"

"선체에 손상입니다!"

"젠장! 당장 본실을 복구하고 공군의 협력을 요청한다!"

"공군에선 지금 중앙전선을 호위하느라 여력이 없답니다!"

"이런……."

영국군은 물론이고 스페인군도 지금 옴짝달싹할 수가 없는 상태였다.

그 때문에 지금 제3함대가 적의 집중포화를 전부 다 맞고 있었지만 그렇다고 후퇴할 수도 없었다.

지금 이곳은 최후의 방어선이기 때문에 그들이 물러서면 니스 연안을 내어주게 된다.

상황이 어떻게 돌아가든 끝까지 버티고 있을 수밖에 없었다.

루이드 준장은 앞뒤로 꽉 막혀 버린 군사지도를 바라보며 한숨을 푹 내쉬었다.

"후우, 잘못하면 여기서 죽겠군."

해군 최후의 보루라고 여겨지던 제3함대가 무너지는 것은 그리 멀지 않아 보였다.

하지만 바로 그때, 그들의 머리 위로 한 줄기 빛이 내려왔다.

"제독, 후방에서 아군의 출현입니다!"

"아군?"

"한국 공군과 해군이 구원 병력을 보내왔답니다!"

"오오! 신이시여, 감사합니다!"

현재 한국군의 군사력은 세계 최강으로, 1개 함대만으로도 중앙유럽을 점령하고도 남을 정도였다.

잠시 후, 한국군 전투비행단 2개 연대가 폭격을 시작했다.

ㅡ여기는 K1, 프랑스 제3함대 등장 바람.

루이드 준장은 자신이 직접 무전기를 잡았다.

"여기는 프랑스 제3함대 루이드 준장입니다."

ㅡ반갑습니다. 제52전투비행연대 강성중 준장입니다. 지금 전투기 300대가 도착했습니다. 쉬지 않고 날아왔는데도 시간이 꽤 걸린 것 같군요.

"먼 길 오시느라 수고 많으셨습니다만, 조금만 더 수고해 주십시오."

ㅡ알겠습니다. 일단 우리가 폭격을 가하는 동안 후방에서 이지스전함 네 척이 드론모함을 이끌고 올 겁니다. 그때까지만 버티면 됩니다.

"알겠습니다."

이윽고 무전이 끝나기가 무섭게 무음 비행 중이던 한국군 SFㅡ15K 전투기 300대가 하늘을 꽉 채우고 그 위용을 드러냈다.

─타깃을 발견했다. 파이어스톰 미사일을 장착하라.

─라져.

화수가 개발한 파이어스톰 미사일은 해상에서도 불길과 파편이 그대로 위력을 드러내는 신비의 미사일이다.

거기에 자체 EMP 기능이 내장되어 있어 목표물에 부딪치기 전에 주변 5㎞를 무력화시키는 기능도 있다.

한마디로 이지스함조차 파이어스톰 미사일 앞에서는 무기력해질 수밖에 없다는 소리다.

─교전을 시작한다. 프랑스 함대에 지원을 요청하는 바이다.

─입감.

─5차 공급까지 모두 끝내면 함포와 전투기로 지원하기 바란다.

─양호.

한국군 전투비행단은 특유의 융단폭격과 정밀 타격으로 적을 하나하나 제거해 나갔다.

─적 호위함과 구축함 네 척을 처리했다.

─이제 남은 전력을 항공모함 사냥에 가동한다. 프랑스 비행단과 함께 항모의 전투기를 제거하라.

─입감.

한국군과 프랑스군은 드론모선이 도착할 때까지 적을 주

살하며 합동작전을 펼쳤다.

＊　　　＊　　　＊

러시아 동토지대 전선.

한국군 육군 전력 30만이 야쿠츠크를 점령하고 레나강 유역에 진을 펼쳤다.

또한 해군 전력이 베링해 인근을 장악하여 미군과의 동조가 가능하도록 했다.

이제 한국군의 절반은 러시아 지역 동부를 모두 장악하고 서부전선으로 진격할 예정이다.

계속해서 서유럽으로 진격하려던 러시아 군은 어쩔 수 없이 군사를 중앙시베리아로 돌릴 수밖에 없었고, 이 엄청난 혹한 중에 전투가 벌어졌다.

한국군은 본래 남부의 따뜻한 환경에서 살아왔기 때문에 혹한 지역 전투는 상당히 취약한 편이다.

때문에 육군은 병사들에게 특수 방한 용품과 분대 단위 스노모빌을 지급했다.

본토에서 구할 수 있는 스노모빌을 죄다 긁어모아 군용으로 전환시켰고, 전술 차량과 군용차량으로도 모자라 대기업 소유의 승용차까지 모두 동원해 북으로 파견했다.

덕분에 병사들은 어지간한 거리는 차를 타고 이동할 수 있게 되었지만 그에 대한 유지비가 어마어마했다.

지금까지 한국군이 해상 전투와 공중전에서 승리할 수 있었던 것은 순전히 화수의 기술력에 의한 경비 절감 덕분이었다.

인건비와 군수 물자를 제외하고 나면 부수적으로 들어갈 군비가 거의 없기 때문에 이지스전함을 운용할 수 있었던 것이다.

하지만 내륙에서 생산하고 보유하고 있던 차량은 대부분 일반적인 기술력으로 만들어졌기 때문에 그 유지비가 그대로 다 반영될 수밖에 없었다.

한국군이 이 어마어마한 유지비를 감당할 수 있던 것은 지금까지 중국과 러시아의 영토를 장악하면서 군수품을 모두 약탈했기 때문이다.

그들이 가진 군수품과 군수품 업체가 가지고 있던 가솔린과 디젤을 전부 한국군이 취하면서 군수품을 충당했다.

하지만 그들이 확보한 기름은 약 1년 치.

만약 이대로 전쟁이 고착화되면 한국은 극심한 기근에 시달릴 수도 있었다.

때문에 한국군은 한시라도 빨리 중국과 러시아를 장악해야 할 필요성을 느꼈다.

이러한 상황 속에서 가장 효율적으로 전쟁을 끝낼 수 있는 것은 핵심 전력인 러시아나 중국을 분열시키는 것이다.

중국과 러시아는 수많은 소수민족을 통합하여 세워졌기 때문에 그들이 분열할 경우엔 전력이 상당히 위축되게 마련이다.

이 생각은 베네노아의 머리에서 처음 나왔으며, 화수는 그 생각을 정명관 국방부 장관에게 전달했다.

그로 인하여 마련된 담화에서 베네노아는 정명관에게 지금 중국의 내부 상황에 대해 설명했다.

"지금 중국은 엄청난 기근에 시달리고 있습니다. 자국의 군사로도 모자라 북한군까지 끌어안다 보니 군비의 증강이 불가피했던 것이지요."

"으음, 그렇군요."

"그런데 점입가경으로 소수민족들은 군에 입대하지도 않고 식량을 좀먹고 있지요. 이런 상황을 중국의 국민들은 도저히 인정할 수 없는 모양입니다. 지금 중국은 소수민족과의 갈등을 중재하기 위해 무던히 노력하고 있습니다. 하지만 아주 작은 기폭제만 있어도 그 갈등은 폭동으로 터져 나올 수도 있겠지요."

베네노아는 정명관에게 중국을 분열시켜야 전쟁을 빨리 끝낼 수 있다고 주장했다.

정명관 역시 그의 주장에 동의하는 모습이다.

하지만 그 모든 것을 실행시키는 것은 결코 쉽지 않은 일이었다.

"방법은 아주 좋군요. 하지만 그것을 과연 어떻게 실행시키느냐가 관건 아니겠습니까?"

"그렇지요. 그래서 저희 회장님께선 이런 방법을 생각해내셨습니다."

이번 설명은 화수에게로 돌아갔다.

"저는 현재 드론모선을 제작하고 있습니다. 앞으로 약 2주 후엔 모선이 완성되어 전장에 투입되겠지요. 그렇게 되면 굳이 전함이 없어도 드론부대가 내륙에 상륙할 수 있습니다. 가능하다면 전차부대에도 드론을 보급할 수 있고요."

"으음, 그것참 신통방통한 기술력이군요."

지금까지 육상 전투에 드론이 투입된 적은 한 번도 없었다.

보병이 가는 길을 드론이 뚫어준다면 육상전에서 승리하는 것은 기정사실이다.

"만약 그렇게 되면 우리는 중국의 보급로를 차단할 수 있을 겁니다. 그리고 소수민족들에게 돌아가는 식량도 통제할 수 있지요."

"그러니까 식량을 끊어서 돌파구를 중국으로 돌리자는 얘기입니까?"

"바로 그겁니다. 어차피 저들은 내륙에서 식량을 구하지 않으면 결코 먹고살 수가 없는 민족입니다. 그런 그들의 식량난을 부추기게 되면 필시 반란이 일어날 겁니다."

"그런 방법이 있었군요."

"이 전술이 먹혀든다면 중국은 아마 항복하지 않고는 절대 못 배길 겁니다."

정명관은 아주 천천히 고개를 끄덕였다.

"그래요. 그런 방법이 있었어요."

아주 사소한 발상의 전환이었지만 이것은 아마도 전쟁의 판도를 바꾸어놓을 수 있을 것이다.

"좋습니다. 그럼 우리 쪽에서 요원을 파견하여 적의 보급로에 대해 알아보겠습니다. 그런 후에 작전을 펼칩시다."

화수는 그의 의견에 고개를 가로저었다.

"그럼 너무 늦습니다. 차라리 저희 쪽 뒷골목 전문가가 그곳으로 가서 정보를 파내는 것이 나을 겁니다."

"뒷골목 전문가요?"

"동남아에서 전문 살인청부업자로 일하던 사람입니다. 실력은 이 업계 최고라고 할 수 있지요."

"그렇군요. 그럼 우리 국방부와 국정원에서 그를 스페셜 요원으로 지정하겠습니다. 국방부, 국정원이 공조로 만든 공동 부서가 하나 있는데, 그곳이 아직까지 공석으로 남아 있습

니다. 그곳의 부장으로 그를 임명하고 부하들을 지정할 수 있
도록 해드리겠습니다."

"알겠습니다. 그럼 지금 당장 그를 이곳으로 불러들이겠습
니다."

"감사합니다."

이윽고 담화가 끝날 즈음 정명관이 화수를 붙잡았다.

"회장님, 잠시 저와 얘기 좀 하시지요."

"알겠습니다."

그는 화수를 이끌고 술병이 즐비해 있는 작은 방으로 향했
다.

*   *   *

정명관은 화수와 함께 술잔을 놓고 마주 앉아 자신의 퇴역
얘기를 꺼냈다.

그는 자신에게 닥친 시한부인생이 과연 얼마나 갈 것인지
가늠조차 할 수 없다고 했다.

스스로 생명의 불씨가 꺼져간다는 것을 알고 있는 그는 아
주 담담한 표정이었다.

정명관은 아주 담백한 어투로 말했다.

"생각 같아선 저의 후임으로 차관을 임명하고 싶지만, 그

가 장관 자리를 한사코 고사하고 있습니다."

"어쩌서 그런 고집을 부리시는지 모르겠군요."

"아마도 강화수 회장님을 의식해서이겠지요. 그는 자신이 회장님을 보좌하여 국방부를 꾸려 나가고 싶어 합니다. 물론 회장님께서 싫다고 하신다면 어쩔 수 없지만 말입니다."

그는 좋지 않은 몸임에도 불구하고 술을 한 잔 넘겼다.

꿀꺽!

"자, 장관님, 몸도 좋지 않으신데……."

"괜찮습니다. 가끔은 진통제로 술을 마시기도 하니까요."

이미 몸이 만신창이가 되어버린 그에게 술이 조금 들어간다고 해서 변하는 것은 없었다.

몸이 조금 더 안 좋아지는 것뿐 그 이상도 이하도 아닌 것이다.

그는 화수의 손을 붙잡고 말했다.

"저는 이제 죽습니다. 먼저 간 제 아내가 자꾸 꿈에 나오는 것을 보면 그날이 정말 멀지 않았다고 생각됩니다."

"장관님……."

"이 한목숨 죽는 것은 두렵지 않습니다. 어차피 어려서부터 군에서 생활했고 전장도 경험했습니다. 당장 죽는다고 해서 억울할 것도 없습니다. 단지 갑자기 제가 없어지고 난 후의 국방부가 걱정이지요."

그가 죽는다고 해도 국방부가 당장 무너지거나 와해되는 일은 결코 없을 것이다.

하지만 비리가 판을 치는 국방부를 제대로 이끌어 나가자면 그와 같은 인재는 꼭 필요했다.

정명관은 화수에게 간곡한 어투로 말했다.

"부디 이 자리를 맡아주십시오. 조국을 위해 젊음의 일부분을 헌납한다고 생각해 주십시오."

그렇지 않아도 대통령의 제안을 받고 기분이 뒤숭숭하던 화수는 머릿속이 상당히 복잡해졌다.

"그렇지만 저는 정치에 대해서는 문외한입니다만……."

"그래서 당신이 필요하다는 겁니다. 때 묻지 않은 순수함. 이 자리에는 그것이 필요합니다."

정명관은 연신 고개를 숙였다.

"올바른 결정은 가슴속에서 나오는 법입니다. 부디 후회할 결정은 하지 마십시오. 부탁입니다."

"장관님……."

가만히 그를 바라보던 화수는 이내 고개를 끄덕였다.

"좋습니다. 제가 국방부장관에 앉겠습니다."

"저, 정말입니까?"

"하지만 대국민담화 등을 통해서 제대로 인정을 받아야 합니다. 그렇지 않으면 장관 자리에 앉을 수 없습니다."

"물론이지요! 이를 말입니까?!"

그는 화수의 손을 잡고 말했다.

"좋은 장관이 될 겁니다. 든든한 방패가 되어주십시오."

"네, 장관님."

두 사람은 서로 미소를 나누었다.

＊　　　＊　　　＊

한국 국방부 주재 군사회의.

이곳에 병색이 완연한 정명관 국방부 장관이 대표로 참석했다.

"쿨럭쿨럭!"

하얼빈에서 열린 군사회의에는 미국과 영국의 국방부장관도 참여했다.

그들은 정명관 장관의 짙은 병색을 바라보며 안타까운 시선을 보냈다.

"괜찮으십니까?"

"…괜찮습니다. 요 며칠 몸이 좀 좋지 않네요."

"저런……."

한국 국방부는 지금 연합군의 가장 큰 중심축 역할을 하고 있었다.

지금과 같은 상황에서 그가 쓰러지기라도 한다면 한국군은 크나큰 타격을 입을 것이다.

정명관은 애써 미소를 지었다.

"안 그래도 차기 장관을 내정했습니다. 이제 곧 그가 국방부장관 자리에 오르겠지요."

"차기로 생각하신 인물이 누구입니까?"

그는 망설임 없이 화수를 지목했다.

"현재 우리나라에 보급되고 있는 첨단 무기들을 개발하고 생산해 낸 강화수 회장입니다."

두 장관은 자신들도 익히 알고 있는 화수에 대해 긍정적인 반응을 보였다.

"으음, 확실히 그가 국방부장관이 된다면 한결 물자 동원이 수월해지겠군요."

"하지만 정치적으론 상당히 미숙한 그를 국민이 인정하겠습니까?"

"아마 국민도 그의 능력을 잘 알고 있으니 대부분 인정하지 않을까 하는 것이 우리 정부의 생각입니다."

이윽고 그는 중국 지방정부와 소수민족 분열에 대한 기획안을 꺼내놓았다.

"바로 이것이 강화수 회장이 고안한 중국의 분열정책입니다."

두 장관은 내용을 확인하더니 이내 무릎을 쳤다.

"오호라, 이런 방법이……!"

"하지만 이것을 실행하자면 꽤 믿음직한 정보통이 필요할 것 같습니다만."

"그 문제라면 걱정하지 마십시오. 안 그래도 지금 강화수 회장이 그쪽에 대해 알아보는 중입니다."

영국과 미국의 국방부장관은 화수가 뒷골목에 대해서도 상당히 능통하다는 것을 익히 잘 알고 있었다.

다만 그 역량을 국방에 사용할 줄은 꿈에도 몰랐을 뿐이다.

"대단한 사람이군요. 이렇게 다방면으로 뛰어날 수 있다니, 이런 인재는 천 년에 한 번 나올까 말까 합니다."

"그래요. 지금까지 한국의 역대 대통령 중에도 그런 사람은 없었지요. 그래서 그가 꼭 한국의 국방부장관이 되어야 한다는 겁니다."

두 사람은 한국이 제시한 작전에 전적으로 동의했다.

"아무튼 강화수 회장이 제시한 작전을 한번 실행해 봅시다. 우리 쪽에서도 최대한 돕겠습니다."

"고맙습니다. 그럼 작전이 진행되면 다시 연락을 드리지요."

"알겠습니다."

두 사람은 다시 자신의 영토로 돌아갔고, 정명관 역시 자신의 마지막을 준비하기 위해 서울로 향했다.

*　　　*　　　*

중국의 분열작전에 대해 회의를 마친 정명관은 청와대를 찾았다.

이제 그는 자신이 해야 할 마지막 집무로 중국 분열작전의 설계를 맡았다.

이 작전 설계만 마치면 그는 곧장 국방부장관에 대한 사임을 표명하고 낙향하여 투병 생활을 이어나갈 것이다.

청와대 비서실.

정명관은 임성준 비서실장과 함께 차후의 일정을 조율하는 중이다.

"쿨럭쿨럭!"

"괜찮으십니까? 몸이 더 안 좋아지셨군요."

"뭘 이 정도 가지고. 걱정할 필요 없습니다."

그는 불굴의 의지를 가진 맹장으로 유명한 만큼 그를 존경하는 사람도 많았다.

"힘드시면 저에게 일임하시고 댁에서 휴식을 취하시지요."

자신을 걱정하는 임성준이지만 정명관은 고개를 가로저었다.

"나랏일에 휴식이 어디 있습니까? 그리고 저는 집에서 쉬면 몸살이 납니다. 차라리 거리에서 객사하는 편이 나아요."

"장관님도 참……."

이젠 자신의 목숨에 대한 농담도 아무렇지 않게 하는 정명관이 임성준은 너무나 안쓰러웠다.

그는 대국민담화와 국회의원 질의 심사에 대한 일정을 아주 타이트하게 잡았다.

이것은 모두 정명관의 건강을 우려하는 의미에서 발인한 것이다.

"내일 당장 대국민담화를 가질 예정입니다."

"당장이요? 그건 너무 빠른 것 아닙니까?"

"강화수 회장에 대한 신뢰도는 꽤나 높은 편입니다. 그나마 그의 자질에 대한 의심이 조금 남아 있긴 하지만 그건 그가 잘 이겨낼 겁니다."

청와대는 정명관에 대한 경외심만큼이나 화수에 대한 신뢰도가 상당히 높았다.

지금까지 그 어떤 장관 후보도 이렇게까지 확실하고 대담하게 내정한 적이 없었다.

한마디로 지금 청와대는 화수에게 꽂혔다고 말할 수 있었다.

"전쟁 중긴 합니다만, 수도 서울을 비롯한 한반도 남부 지역은 꽤 안정적이니 투표를 하는 데 전혀 지장이 없을 겁니다."

"그래요. 그럼 그렇게 합시다."

정명관은 자신의 사직서에 서명하였고, 이제 화수는 내일부로 장관 후보에 오르게 될 것이다.

*　　　*　　　*

한국 공영방송 주재로 열린 대국민담화.

오늘은 전시 통령이자 군수통솔권자 최성균과 국방부장관 정명관이 담화 대상으로 나왔다.

아나운서들은 아직 입대하지 않은 군인들과 그 가족을 데리고 담화를 진행하기로 했다.

오늘의 주제는 신임 장관에 대한 얘기였는데, 후보로 내정된 사람은 단 한 명이었다.

국민들은 대통령이 내정한 차기 후보인 화수를 두고 조금 엇갈리는 입장을 보였다.

한쪽에선 무기의 센세이션을 일으킨 화수가 마땅히 국방부장관에 올라야 한다는 입장이었고, 한쪽은 아직 자질이 부족하다는 입장이었다.

그 입장은 상당히 팽팽해서 어지간해선 결단을 내리기 힘들 것 같았다.

하지만 국방부 내에서 가장 큰 영향력을 갖고 있는 군인들이 화수를 지지한다는 것이 가장 큰 변수로 작용할 것이다.

군대의 주축인 병사들이 화수를 지지하고 있었는데, 그들은 몸소 치르고 있는 전쟁을 조금이라도 유리하게 이끌어줄 화수가 국방부의 수장을 역임했으면 하고 바랐다.

그래서 최성균은 일부러 입대 대기 중인 군인들과 그 가족을 담화 대상으로 지정했다.

아마도 그들이라면 자신의 생명을 조금이라도 더 소중하게 다뤄줄 화수를 원할 것이다.

담화의 진행을 맡은 사람은 9시 뉴스의 간판 앵커인 정필선 아나운서였다.

"대선을 치르고 난 후 상당히 강경한 대적관 성립으로 국민의 지지를 받으신 바 있는 최성균 대통령 각하께서 나와 주셨습니다."

짝짝짝짝!

박수를 받은 최성균이 자리에서 일어나 꾸벅 고개를 숙였다.

"반갑습니다. 최성균입니다."

"오늘 담화를 진행한다는 소식을 듣고 저는 어젯밤 잠을 설쳤습니다. 오늘 담화 주제가 새로운 국방부장관 내정에 관한 내용이라고 들었습니다."

"네, 그렇습니다."

그는 지금 정명관의 건강 상태에 대해 아주 솔직하게 털어놓았다.

"현재 장관님의 상태는 채 1년도 연명하기 힘들 정도입니다. 흔히 위암이라고 하지요. 그 병이 온몸으로 전이되어 걸어 다니기 힘들 지경이 되셨지요. 하지만 장관님께선 진통제와 불굴의 의지로 간신히 버티는 중입니다. 하여 우리 정부는 국방부장관을 교체하여 평생 나라에 헌신하신 정명관 장관님을 고향으로 보내드리기로 했습니다."

국방계의 황희라고 불리는 정명관이야말로 청렴결백의 상징으로 통했다.

그런 그의 와병설은 진짜였고, 국민들은 안타까운 한숨을 내쉬었다.

"세상에, 그런 일이 있었군요."

정명관은 씁쓸하게 웃었다.

"사람이 온 순서는 있어도 가는 순서는 없다고 하지 않습니까? 순리에 따르는 것이 당연합니다."

정명관에 대해 얘기를 나누고 난 후 아나운서는 곧바로 화수에 대한 얘기를 꺼냈다.

"그런데 말입니다. 장관님에서 강화수 회장을 내정했다는 것이 사실입니까?"

그는 고개를 가로저었다.

"아닙니다. 그건 절반은 맞고 절반을 틀린 얘기입니다."

순간 장내가 술렁이기 시작한다.

정필선 역시 그 술렁임에 동참하는 듯 조금 의외라는 투로 물었다.

"그럼 어째서 그가 차기 후보로 내정된 것인가요?"

"그를 내정한 것은 대통령 각하와 국방부차관입니다. 그리고 수많은 국방부의 일원이 강화수 회장을 원하고 있습니다. 저 또한 그가 국방부장관이 되기를 희망합니다. 그래서 동지들과 함께 뜻을 모아 지금의 담화를 열게 된 것이지요."

"그렇군요. 그러니까 국방부는 지금 강화수 회장을 열렬히 지지하고 있다는 뜻이군요."

"예, 그렇습니다. 합창의장과 참모총장들과도 그를 지지합니다. 아마 고위급 관료 중 강화수 회장을 지지하지 않는 세력은 없다고 봐도 무방합니다."

"그러니까 한마디로 지금 이 담화는 국민과 병사들의 의견을 듣기 위한 자리군요?"

"그렇다고 볼 수 있습니다."

국방부 내부에서 일어나고 있는 화수의 신드롬은 상당히 유명했다.

아마 지금 화수가 국방부의 동의만 얻어 장관에 앉을 수 있다면 진작 그렇게 되었을 것이다.

두 사람에 대한 얘기를 들은 스튜디오의 장병들과 그 가족들은 사전 투표에 들어갔다.

"그럼 이쪽에서 예비 장병들의 의견을 들어보도록 하겠습니다. 오늘은 O, X 리모컨으로 지지 유무를 알아보도록 하겠습니다. 눌러주세요."

600명의 장병과 그 가족들은 일제히 버튼을 눌렀고, 즉시 그 결과가 집계되어 나왔다.

[찬성 590 : 반대 10]

실로 압도적인 지지율이라고 할 수 있었다.

이로써 대국민담화는 화수를 지지한다고 사실상 공표한 것이나 다름없었다.

"그렇군요. 대부분의 예비 장병이 강화수 회장을 지지하고 있었습니다."

이제 이 데이터를 통해 대국민투표를 단행하고 국회의원 질의 심사를 통과하면 화수는 국방부장관에 내정될 것이다.

6장

사상 최연소
국방부장관의 탄생

화수가 국방부장관에 오른다는 안건으로 대국민투표가 발의되었다.

투표권을 가진 성인은 모두 화수에 대한 찬반 의견을 표로 제시할 수 있었다.

2월 초순, 설 명절을 간소하게 지낸 국민들은 투표 현장을 찾았다.

오늘의 투표 행렬은 그 어느 때보다 길었고 그 행렬이 대통령 투표 때보다 북적거렸다.

대통령과 각 장관들, 국회의원까지 모두 화수에 대해 투표권을 행사했다.

투표를 마치고 나오는 사람들을 취재한 방송사 인터뷰는 화수가 어떤 사람으로 인식되는지 잘 알려주고 있었다.

—이번 투표에 어떤 의견을 주셨는지요?

—찬성에 한 표를 주었습니다.

—그 이유는요?

—지금 우리나라는 강화수 회장의 이수그룹이 만든 무기로 전쟁을 이어나가고 있습니다. 만약 그가 변절한다면 우리는 어떻게 될까요? 상상만 해도 무섭네요.

—아, 그러니까 그가 변절할 것이 우려되어 지지 표를 주셨다는 것이군요?

—그는 어떻게 생각할지 몰라도 그룹은 장사치인데 입장을 어떻게 바꿀지 모르지요. 그런데 그가 국방부장관으로 임명되면 아무래도 그런 걱정이 줄어들겠지요.

—그렇군요. 잘 알았습니다.

지금 이 젊은 여자가 잘 알려주고 있듯이 화수의 기술력은 한국을 존속시키고 있다고 해도 과언이 아니었다.

아마 그가 이 전쟁에 참여하지 않았다면 한국은 진즉 식민지로 전락하고 말았을 것이다.

화수에 대해 취재한 기자는 이내 방송을 마무리하고 자신도 투표 현장으로 향했다.

늦은 밤, 투표가 끝나고 그 결과는 방송 3사를 통하여 전국으로 전달되었다.

그 결과는 찬성 95%에 반대 5%로 집계되었다.

지금껏 대국민투표를 통하여 의견을 물어오던 한국 정부는 사상 처음으로 90%가 넘는 지지를 받았다.

그만큼 화수가 국민들에게 안겨준 안정이 크고 깊었다는 뜻이다.

이로써 화수는 국회의 질의 심사만 통과하면 국방부장관으로 내정될 것이다.

2월 중순, 국회는 화수에게 질의 심사를 가질 것을 요청했다.

그리하여 소집된 질의 심사는 국회의사당에서 진행되고 있었다.

오늘 질의를 던질 사람들은 여야의 중요 인사들로 모든 정치인의 의견을 조합하여 그들을 대표할 것이다.

야당에서 선출된 사람은 전 문화부장관을 지낸 유성촌 의원이었다.

그는 화수가 그룹을 설립하기 전 회사를 일으킨 부분에 대해 물었다.

"고물상으로 일어난 그룹이라고 들었습니다. 정확히 어떤 사업을 하셨지요?"

"중고를 고쳐서 되팔았습니다. 중간에 어려움도 있었습니다만 잘 극복해 냈지요."

"그러니까, 비즈니스맨이라기보다는 엔지니어에 가깝군요?"

화수는 그 점에 대해 부정하지 않았다.

"그렇습니다. 저는 엔지니어 기질이 오너의 기질보다 짙습니다. 하지만 그런 제가 그룹을 이끌어낸 것도 사실이지요."

"흐음, 그렇군요."

사실 유성촌은 화수의 절대적인 지지자로 잘 알려져 있었다.

지금까지 이 전쟁을 이끌어온 화수를 싫어하는 사람은 별로 없지만, 그는 특히나 화수의 신봉자로 유명했다.

그런 그가 화수에게 불리한 질의를 던질 리 만무했다.

하지만 너무 편파적인 질의만 계속했다간 국민들이 도리어 화수를 불신할 수도 있었다.

"그럼 마지막으로 묻겠습니다. 국방부의 F—X 사업을 비밀리에 추진했을 때 로비를 받은 적이 있습니까?"

화수는 고개를 가로저었다.

"외국계 기업들과 미군 등에서 로비를 시도한 적은 있었지요."

"정말 그들에게 한 푼도 받지 않으셨습니까?"

"그렇습니다. 다만 한국군에서 수익을 보장해 주었습니다."

"돈 때문에 이 모든 무기를 만들었다는 소리군요?"

"그룹은 이해 집단입니다. 당연히 재화가 엮여야 움직이지요. 저 역시 그때는 장사꾼에 불과했습니다. 다만 애국심이 다른 장사치보다 조금 더 높았다고나 할까요?"

질의를 솔직함으로 돌파한 화수에게 국회의원들은 아주 좋은 인상을 받은 듯했다.

그나마 반대하던 사람들도 잠잠하게 화수를 바라볼 뿐이다.

"잘 알겠습니다."

이윽고 질의는 끝이 났고, 의혹에 대한 것은 대부분 풀린 듯했다.

이제 남은 것은 국회의 심사였다.

*   *   *

국회의사당을 가득 채운 의석.

오늘 이곳에선 화수의 국방부장관 취임에 대한 심사가 진행되었다.

사실 오늘 마련된 심사는 끝이 정해져 있다고 할 수 있었다.

지금까지 한국이 전쟁에서 선방할 수 있던 것은 모두 화수의 기술력 덕분이다.

미국을 비롯한 강대국에서 화수를 스카우트하기 위해서 혈안이 되어 있는 판국에 국회에서 그를 놓아줄 리 없었다.

화수로 인해 한국군의 군사력은 약 100배 이상 증가했는데, 이것은 천조국이라 불리는 미국조차 엄두를 낼 수 없는 경지이다.

항공모함을 대신할 드론모함을 개발한 것은 물론이요, 해상과 공중, 지상까지 타격이 가능한 전천후 이지스전함은 가히 역사상에 길이 남을 만한 공적이다.

그 밖에 수많은 무기가 그의 손을 거쳐 만들어진 것을 생각하면 그를 정치계로 끌어들여도 전혀 이상할 것이 없었다.

다만 대통령이 정당보다 선수를 쳐서 자신의 내각에 화수를 앉히는 바람에 일이 조금 틀어진 것뿐이다.

아마 이번 전쟁이 끝나고 나면 정치판에서 화수를 데려가기 위해 치열한 로비 전쟁이 벌어질 것이 분명했다.

300명의 국회의원이 모인 가운데 국회의장 정희성이 직접 투표를 시작했다.

"지금부터 강화수 후보에 대한 투표를 시작하겠습니다. 입

후보한 사람이 국방부장관에 취임했으면 좋겠다고 생각되시는 분은 손을 들어주십시오."

국방부장관을 선출하는 방식은 직접 투표로, 화수를 거부한 국회의원의 신분은 100% 노출된다.

그렇기 때문에 그 어떤 누구도 화수를 거부하는 의견을 보일 수가 없었다.

한 명도 빠짐없이 화수의 취임을 지지하였고, 이제부터 화수는 국방부장관으로서 활동을 시작할 수 있게 되었다.

"그럼 만장일치로 강화수 후보가 국방부장관에 내정되었음을 알려드립니다."

탕탕탕!

지금까지 대통령 내각을 국회 표결까지 가져온 것은 상당히 이례적인 일이며, 이것은 대국민적인 신뢰를 동반하는 일이다.

아마 화수가 받게 될 신뢰는 국무총리보다 더 높을 것이고, 이제 정치판은 화수를 중심으로 돌아가게 될 것이다.

야당의 대표 유성촌 의원은 자신의 측근과 함께 눈짓을 나누고 있었다.

그들은 지금 자신들의 정치적 입지를 굳건하게 다져줄 사람으로 화수를 염두에 두고 있었다.

20대 후반에서 30대 초반의 국회의원이 선출된 사례는 상당히 많지만 화수처럼 절대적인 지지를 받은 적은 단 한 번도 없었다.

다만 그가 지금부터 얼마나 국방부장관직을 잘 수행하느냐에 따라 화수의 몸값은 달라질 것이다.

그의 몸값이 지금처럼 계속해 올라간다면 국무총리나 국회의장까지 넘볼 수 있으며, 10~20년 후엔 대통령 후보로 거론될 수도 있을 것이다.

이윽고 회의를 마친 유성촌 의원은 측근을 국회의사당 근처 술집으로 불러냈다.

이곳은 유성촌 의원의 처가가 운영하는 곳으로, 그가 측근들을 데리고 자주 회동을 갖는 곳이다.

그는 측근들에게 술잔을 돌리며 말했다.

"오늘 투표는 잘하셨습니다. 혹시나 돌발 행동을 하면 어쩌나 하고 걱정했지 뭡니까?"

"하하, 저희가 무슨 사춘기 학생들도 아니고 그런 짓을 하겠습니까?"

유성촌은 그들에게 통장을 하나씩 건넸다.

"받으십시오. 약 100억씩 들어가 있습니다."

"이게 무슨 돈입니까?"

"처가에서 저에게 밀어준 500억입니다. 원래는 대선 자금으로 사용할 생각이었습니다만, 이제는 그보다 더 값진 곳에

써야겠습니다."

"값진 곳이라면……."

"강화수 장관을 우리의 정치판에 끌어들입시다."

순간 그의 측근들은 격하게 공감하며 고개를 끄덕였다.

"아하! 역시 지금부터 그를 끌어들이기 위해 자금을 동원하셨군요."

"부지런한 새가 먹이를 낚는 법이지요. 사실 저는 지금도 이미 늦었다고 생각합니다. 최성균은 벌써 그를 자신의 내각으로 끌어들여 단단한 지지 기반을 갖추려 하고 있습니다. 아마 조만간 그를 내세워 자신의 정권을 대대적으로 홍보하고 다니겠지요."

"으음……."

"그러니 어서 빨리 그의 측근들부터 차례대로 공략하도록 합시다."

지금 화수는 정치계의 핵심이다.

그가 없는 한국은 상상할 수조차 없으며, 이수그룹의 가치는 이미 마이크로소프트를 넘어서고 있었다.

그런 그를 측근으로 끌어들일 수 있다면 호랑이를 등에 업는 셈이다.

"최선을 다하십시오. 저도 최대한 자금을 충당하도록 노력해 보겠습니다."

"네, 알겠습니다."

유성촌은 측근들과 함께 술잔을 기울였다.

＊   ＊   ＊

화수는 국방부장관에 내정되면서 자신이 맡고 있던 회장직을 베네노아에게 넘겼다.

그리고 부회장에 샤넬리아와 로이드를 지명하여 든든한 기반을 유지하도록 했다.

또한 전희수를 총괄이사로 내정해 생산 라인의 관리와 함께 기술력 유지에 힘쓰도록 했다.

그 밖에 찬미를 기술총괄이사로, 리처드를 재무이사로 발령하여 경영권 유지에 빈틈이 없도록 조치했다.

베네노아는 전란임을 의식하여 취임식은 건너뛰고 그와 그 측근들의 국적을 한국으로 이전시켰다.

한국은 이수그룹 회장과 그 측근들의 귀화를 아주 반갑게 환영해 주었다.

국적을 바꾸는 동시에 미국을 비롯한 영국 등지에서 시민자격을 부여했고, 이것은 한국 정부와 미국, 영국 정부가 협상하여 결정한 일이다.

한 사람이 여러 개의 국적을 갖는다는 것은 상당히 이례적인 일이었지만, 상황의 특수성으로 인해 인정하기로 합의한 것이다.

그러니까 그들은 마음만 바뀐다면 언제든지 자신들의 국민으로 그들을 끌어가려는 의도였다.

이수그룹 수뇌부의 입장에선 나쁠 것 없는 조건으로 어차피 바꾸지 않을 국적을 앞으로 잘 이용해 먹기만 하면 그만이다.

화수는 이수그룹을 한국군 대표 군수 업체로 지정하고 납품 단가를 상당수 낮추기로 했다.

지금도 이수그룹이 한국군에게 지급받고 있는 금액은 세계 최고 수준이다.

때문에 화수는 욕심을 최대한 배제하고 오로지 국가의 존립만을 생각하기로 한 것이다.

오늘은 그가 국방부장관으로서 첫 집무를 진행하는 날이다. 각 군의 수장들과 합참의장들이 화수의 집무실을 찾아왔다.

국방부 본부가 있는 평양에서 열린 군사회의는 담화식으로 진행될 예정이었다.

가장 상석에 앉은 화수가 이번 작전에 대한 개요를 설명했다.

"국방부의 수장이 바뀌는 등의 과정이 있었습니다만, 우리는 계속해서 북진해야 합니다. 그렇지 않으면 눈덩이처럼 불어난 국방비가 우리의 뒤통수를 후려칠 테니까요."

"지금도 장관님의 개발품이 유라시아를 점령하고 있습니다. 유전을 차지하게 되면 여유가 생길 테니 너무 걱정하실 필요 없습니다."

현재 한국군은 러시아 유전지대를 점령하면서 산유국 반열에 오르게 되었다.

하지만 화수는 그 유전은 한국 경제 발전의 밑거름이 되어야 한다고 생각했다.

"군수품으로 자원을 족족 다 사용한다면 국민에게 돌아가야 할 것이 남아나질 않을 겁니다. 저들도 나라를 위해 아들과 동생들을 바쳤는데 뭔가 남는 것이 있어야 할 것 아닙니까?"

"으음, 그건 그렇군요."

"해서 저는 중국 지역을 분열시켜 승기를 잡을 생각입니다."

"중국을요?"

"소수민족을 분열시키고 수도 베이징으로 진격하는 겁니다."

"하지만 저 소수민족들을 어떻게 분열시킨다는 말씀이십니까?"

화수는 베네노아가 설계한 작전을 군부의 수장들에게 보여주었다.

"식량난을 조장하는 겁니다. 그렇게 되면 중국은 또다시 전국시대로 돌아갈 수 있습니다. 우리는 그 난리를 보조하는 의미에서 베이징과 상하이를 타격하는 것이지요. 아마 저들이 분열할 때까지 걸리는 시간은 2주 남짓일 겁니다. 지금도 식량 수급이 원활하지 않다고 보고되고 있거든요."

"그렇군요."

그는 군부의 수장들에게 이 작전의 중요성을 다시 한 번 강조했다.

"이번 작전은 무조건 성공해야 합니다. 그래야 이 전쟁을 끝낼 수 있어요."

"네, 알겠습니다."

3차 세계대전은 세계 지도의 모양을 바꾸는 의미가 있는 전쟁이다.

만약 이대로 전선을 고착시킨 채 전쟁을 종식시킨다면 한국은 세계 최고의 영토를 가진 국가가 된다.

그리고 군사력을 꾸준히 증강시켜 줄 천연자원을 대거 취득할 수 있게 된다.

이제 막 채굴을 시작한 북한 영토의 지하자원은 이미 영토를 모두 복구하고도 남을 양이다.

더군다나 중국과 러시아에서 고이고이 간직하고 있던 지하자원을 모두 채굴한다면 점령지역을 모두 고도 발전시키는 데 큰 도움이 될 것이다.

화수는 승전의 발판을 마련하기 위해 이 필승 작전을 실행했다.

*   *   *

화수가 개발하고 완성시킨 드론모선이 전장에 투입되는 날, 한국군은 하얼빈에서 중국의 수도 베이징으로 진격을 준비하고 있었다.

이날 가동될 공군의 전력은 전투기 3,000기와 헬기 2,500기, 수송기 4,500기였다.

이 정도 군사 규모라면 당장 중동 유럽을 쓸어버릴 수 있으며, 이것만으로도 충분히 전쟁을 종식시킬 수 있었다.

하지만 여기에 육군 병력 25만과 함께 드론모선이 함께하면서 더 이상 그 어떤 세력도 넘볼 수 없는 막강 전력을 갖추게 되었다.

드론모선에는 국방부의 수장인 화수가 타고 있었고, 각 참모총장이 현장을 지휘하게 될 것이다.

전선에 국방부장관이 나선다는 것은 상당히 이례적인 일

이지만, 이 비행체의 설계자는 바로 화수였기 때문에 필수불가결하게 그가 직접 탑승하게 된 것이다.

드론모선에 탑승한 공군 전력과 민간인 전력은 총 4천 명, 파일럿과 전투 병력까지 합치면 2만이 조금 넘는다.

길이 300미터의 초대형 비행선이 하얼빈을 지나 탕산으로 향했다.

우우우우우웅.

소음이 거의 없는 드론모선 백야함은 5만 피트 상공에서 무음 비행을 계속했다.

화수는 중앙통제실에 위치하여 군사들을 통솔했다.

그의 부관으로 참전한 전석희 중장은 화수의 명령을 각 함대에 전달하며 작전을 수행해 나갔다.

"각 함대에 알리십시오. 탕산 인근에 도착하면 곧바로 해상 포격으로 적의 방어 체계를 공격해야 합니다. 그렇게 되면 우리가 드론을 투입시켜 육군을 제압하면 일이 쉬워질 겁니다."

"예, 알겠습니다."

전석희 중장은 거대 태블릿PC 위에 표시된 점이 탕산 인근에 도착한 것을 확인하곤 그의 명령에 따랐다.

"각 함대에 알린다. 탕산 인근 해역에서 적의 진지를 무차별 폭격하라."

―입감.

　이윽고 화수의 명령대로 한국군 서해함대가 일제히 불을 뿜었다.

　콰앙!

　그 광경은 5만 피드 상공에서도 선명히 보일 정도였으며, 육군이 가진 정찰력으론 한 치 앞도 보이지 않을 정도로 엄청난 연기를 뿜어냈다.

　하지만 드론은 열과 금속에 반응하기 때문에 연기를 헤치고 전투를 할 수 있었다.

　전석희 중장은 현 상황에 대해 보고했다.

　"지금 공중 방어 체계를 타격하고 있습니다. 아마 곧 1차 저지선이 무너질 겁니다."

　"좋습니다. 지금부터 우리는 1만 피트 상공으로 내려가 적의 진지를 무차별 공격합니다."

　"예, 장관님."

　화수는 드론과 함께 전투기, 헬기를 모두 출격시켜 탕산 일대를 아예 쑥대밭으로 만들어버릴 생각이다.

　아마 그들은 지금쯤이면 화수가 탕산을 공격한다는 소식을 듣고 민간인들을 후방으로 피신시켰을 것이다.

　이제 그가 손속에 사정을 둘 필요가 없다는 소리나 마찬가지였다.

이윽고 백야함이 1만 피트 상공까지 하강하여 드론들을 보낼 준비를 마쳤다.

"준비되었습니다."

"고도를 유지, 이대로 포격합니다."

"예, 장관님."

백야함에 적재되어 있던 드론의 숫자는 총 2만여 기. 이 정도의 숫자라면 하늘 전체를 뒤덮고도 남을 양이다.

위이이이이잉!

함선의 하부에 달린 해치가 열리면서 엄청난 숫자의 드론이 폭격기를 따라서 이동하기 시작했다.

휭휭휭휭!

―제1편대, 드론을 이끌고 폭격을 시작하겠음.

―입감. 전초기지는 물론이고 병사들까지 모조리 남기지 말도록.

―알겠다.

약 3분 후, 폭격기를 따라 지상으로 내려간 드론이 적의 진지를 무차별적으로 공격했다.

퉁퉁퉁!

콰앙!

"이, 이것이 바로……!"

모선이 만들어낸 광경은 처참하면서도 아름다웠다.

푸른색 탄환과 포탄이 만들어내는 불빛은 이 세상 그 어떤 쇼보다 화려했으며, 그에 맞아 순식간에 쑥대밭이 되어버린 중국 영토는 가히 충격적이었다.

드론은 양심의 가책이라는 것이 없는 냉혈한 그 자체의 무생물이다.

당연히 사람보다 더 잔인하고 철저하게 영토를 파괴하고 적들을 몰살시켜 버렸다.

─탕산의 군사 시설을 모두 초토화되었다. 이제 육군을 투입해도 될 것 같다.

─입감, 양호, 대기.

화수는 화면에 뜬 장면을 바라보며 말했다.

"육군을 투입하고 드론과 전투기를 회수합니다. 당장 톈진으로 진격하고 해군에 포격을 요청하세요."

"네, 알겠습니다."

한국군은 거칠 것 없이 남하를 계속했다.

*　　　*　　　*

한국군이 중국 영토를 집중 타격하고 있는 도중, 중국 외곽의 소수민족 자치구로 국정원 소속 북파공작원들과 함께 특전사 특임대대가 투입되었다.

이들은 이곳에서 식량난을 조장하기 위한 게릴라 작전을 펼칠 것이다.

티베트를 비롯한 12개 소수민족 자치구와 연결되는 길목마다 자리를 잡은 한국군 특작부대의 숫자는 약 1만 5천, 이제 곧 미군과 영국의 특수부대 역시 속속들이 투입될 것이다.

약 3일 후엔 1만 5천인 공작원이 5만 명까지 늘어날 것으로 보였다.

특작부대가 이 많은 소수민족을 모두 다 상대할 수는 없지만, 그들에게 식량 원조를 끊어버릴 수는 있을 것이다.

한국군 특작부대 티베트 자치구 책임자 국정원 강석훈 과장은 군사들을 이끌고 라싸를 비롯한 티베트의 중요 거점을 점령했다.

그리고 이곳에서 벌써 두 번째 식량 강탈을 이어나가는 중이다.

강석훈은 라싸 인근 협곡 고지에 자리를 잡고 초미세 망원경으로 구호물자 동원 대열을 지켜보았다.

"양이 그렇게 많지는 않군."

"아마 중국도 지금 죽을 맛이겠지요. 장관께서 서부의 전력을 거의 모두 이끌고 중국을 타격하고 계시지 않습니까? 듣기론 개전 3분 만에 탕산 지역이 초토화되었다고 하더군요."

"3분이라……. 감히 상상조차 하기 싫은 시간이군."

고작 3분 만에 한 지역이 초토화되었다는 것은 그만큼 엄청난 화력을 퍼붓고 다닌다는 얘기다.

아마 그곳에 있던 병사들은 100% 사망하여 시신조차 찾을 수 없을 것이다.

강석훈은 새삼 자신이 한국에서 태어난 것이 얼마나 다행스러운 일인지 감사하게 되었다.

"아무튼 덕분에 우리의 작전이 잘 풀려서 다행이야."

"그러게 말입니다."

그는 앞을 지나는 중국군 병력 100명을 바라보며 전투 대기 신호를 내렸다.

"전 병력에게 알린다. 내 신호에 따라 일제히 사격한다. 물자는 유실되어도 상관없으니 아군이 다치지 않도록 유의하라."

─입감.

어차피 저 정도의 물자를 확보한다고 해서 한국군에게 엄청난 이득이 되는 것은 아니다.

단순히 저들의 반발을 유도하기 위한 작전이니 아군만 무사하면 그만이었다.

가만히 전방을 바라보던 강석훈 과장은 공격 신호를 내렸다.

"셋을 세겠다. 하나, 둘, 셋, 발사!"

핑핑핑핑핑!

모든 소총과 저격총에 소음기를 부착한 특작부대의 사격선은 절대 적에게 노출되지 않는다.

더군다나 위장을 완벽하게 해놓은 터라 적은 집중 포화를 받으면서도 아군이 죽어가는 것도 모른 채 이동한다.

"크헉!"

"무, 무슨⋯⋯!"

피융!

"컥!"

미처 자신의 곁에 있는 전우가 쓰러졌다는 말도 한 번 못해본 채 죽어버린 병사의 숫자는 벌써 50명이었다.

─재장전하겠다.

─입감. 교차 사격으로 시간을 줄인다.

─양호.

유기적으로 사격 시간까지 아껴가며 교전한 한국군은 단 5분 만에 적을 궤멸시킬 수 있었다.

그리고 거의 모든 적병이 죽었을 즈음에 매복지에서 모습을 드러낸 한국군은 중국군에게 다가갔다.

"총 버려! 움직이면 쏜다!"

"⋯⋯!"

선두 열에 서 있던 장교들은 부하가 모두 죽었다는 사실을 알아채고 나서야 뭔가 잘못되었다는 것을 깨달았다.

"이, 이런 말도 안 되는 일이……."

"이런 협곡을 지날 땐 정찰이 가장 먼저 선행되어야 한다는 사실을 모르나?"

"…개자식들!"

흥분한 지휘관이 총을 꺼내 들자 강석훈은 개머리판으로 그의 얼굴을 후려쳤다.

퍼억!

"크헉!"

강석훈은 K-14A3을 장착하고 있었는데, 이 저격총의 개머리판은 충격 완화의 효과를 주면서도 백병전에 아주 유용하게 쓰이도록 설계되었다.

개머리판을 한 단계 접으면 즉각 사격이 가능하며, 개머리판으로 사람을 후려칠 수도 있다.

마치 삼각형 철퇴처럼 생긴 개머리판에 맞으면 그 어떤 사람이라도 최소 중상이다.

"사람이 조언을 해주면 고마워할 줄 알아야지, 어딜 총부터 들이밀어?"

그는 바닥에 납작 엎드린 중국군 장교를 포박하여 자리에서 일으켰다.

"이놈을 데리고 가자. 다음 작전이 어디서 벌어질지 알 수 있을 거야."

"예, 과장님."

강석환은 중국군 포로 두 명을 잡아 유유히 주둔지로 돌아
갔다.

7장

불굴의 의지

　중국 티베트 자치구에서 무려 20여 차례의 약탈을 진행한 강석환은 모든 지역의 과장들과 한군데에 모여 약탈한 식량을 골고루 나누었다.

　9백만 명이 먹을 수 있는 방대한 식량은 도저히 은닉할 수 없기 때문에 필요한 물품을 서로 나눈 후에 본토로 보냈다.

　강석환은 찻잎이 가장 많은 티베트의 구호물자를 주고 위구르족에게 보낸 양고기를 얻었다.

　양고기는 지방 함량이 돼지고기보다 적지만 풍미가 좋아서 식자재로 많이 사용되었다.

향신료와 함께 먹으면 술안주로도 제격이었다.

영국 정보부 제임스 보우트 과장과 함께 각 구호품을 나누어 가진 강석환은 그에게 다음 작전에 대해 설명했다.

"중국인 포로를 잡아서 심문해 보니 다음 식량 보급은 한 달 후에나 도착할 것이라고 하는군요."

"그렇게나 오래 걸린단 말입니까? 그렇게 되면 아사자가 속출할 텐데요."

"아무래도 지금 중국의 상황이 많이 좋지 않은 모양입니다. 그러니 구호 식량을 저만큼밖에 못 보내지요."

"흠……."

"이제 곧 우리가 산골에 처박혀서 제대로 씻지도 못하고 벌인 게릴라작전이 빛을 발하는 모양입니다."

"후후, 그러게요."

한미영 삼 개국 특작부대가 지금까지 탈취한 식량은 무려 한국 본토를 1년 동안 먹여 살릴 수 있는 양이었다.

미국과 영국은 그보다 두 배는 족히 많은 식량을 탈취하여 자국에 보탤 수 있게 되었다.

처음엔 별 생각 없이 식량을 탈취해 왔지만 그것을 모아보니 어느새 산더미처럼 쌓여 있었다.

우스갯소리로 특작부대원들은 한국의 1차 산업을 모두 폐기시키고 이곳에서 식량을 조달해도 되겠다는 소리를 하곤 했다.

분명 말도 안 되는 소리였지만 그 정도로 중국 소수민족들에게 수급된 식량은 엄청난 양이었다.

이제 이 조달이 얼마간 끊어져 버리면 소수민족들은 그동안 미뤄오던 독립을 꾀하게 될 것이다.

그때 한미영 연합군이 지금까지 모아두었던 식량을 풀어 버리면 게임은 끝난다.

"이제 일주일가량 남았을 겁니다. 조금만 더 힘을 내자고요."

"그럽시다."

식량을 모두 본토로 송환시킨 특작부대원들은 다시 매복 작전을 위해 소수민족 자치구로 향했다.

*　　　*　　　*

화수는 베이징 인근의 모든 대도시를 점령하고 중국 정부를 압박했다.

수도 근방에 진을 치고 하루에도 수십 차례의 포격을 퍼붓고 있었지만 대부분의 군사는 지하에 숨어 나올 생각을 하지 않았다.

그나마 상하이로 들어오던 식량 보급이 끊어지는 바람에

중국군은 벌써 이 주일째 쫄쫄 굶고 있었다.

화수는 아마 앞으로 일주일만 더 지나면 스스로 백기를 들고 투항하지 않을까 생각했다.

백야함 함장실에 들어가 있던 화수에게 특작부대의 소식이 들려왔다.

"장관님, 자치구에서 전령이 도착했습니다."

"상황이 어떻답니까?"

"지금 소수민족 자치구에선 식량이 없어서 폭동이 일어날 지경이랍니다. 더군다나 올해는 극심한 가뭄이 들어서 기근이 끊이질 않는다고 합니다."

화수는 회심의 미소를 지었다.

"후후, 드디어 하늘이 우리 편을 들어주실 모양입니다."

"어떻게 할까요? 이제 슬슬 진군을 준비할까요?"

그는 고개를 가로저었다.

"아닙니다. 일단 특작부대에 자치령의 지방정부 수장을 만나 협상을 벌이라고 하십시오. 독립과 식량 조달을 약속할 테니 연합군에 가입하라고 말입니다."

"하지만 그들이 연합군에 가입한다고 뭐가 달라질까요?"

"전력에 변화는 없습니다. 하지만 중국의 와해가 실현되겠지요."

"아하, 그렇군요."

소수민족들이 독립하게 되면 중국의 국력은 상당히 약해질 수밖에 없다.

대부분의 중앙 영토만이 수령의 직할로 들어가기 때문에 나머지 영토는 자연스럽게 타국으로 분류된다.

그렇게 되면 중국은 팔다리가 모두 잘리고 몸통과 머리만 남게 되는 셈이다.

한국은 그런 그들에게 항복을 권유하기만 하면 될 것이다.

"지금 미국과 영국의 국방부장관에게 연락을 취해서 해당부대에도 같은 조치를 취해달라고 전하십시오."

"네, 알겠습니다."

이제 중국이 분열되기만 하면 전쟁은 끝난 것이나 마찬가지였다.

드디어 참혹하던 전쟁의 끝이 보이기 시작했다.

*   *   *

신장 위구르족 자치구.

미국 특작부대 소속 마이클 테일러 중령이 자치구 지방정부를 찾았다.

그들은 현재 중국 소속이긴 하지만 식량만 싸들고 찾아오면 그 누구라도 반길 태세였다.

심지어 빵 1톤을 선물로 가져다 준 마이클 테일러 중령은 이곳에서 거의 신적인 존재로 추앙받을 판이다.

먹을 것이라곤 거의 찾아볼 수 없는 이곳에서 식량은 절대적 권력을 넘어 경외로 여겨지고 있었던 것이다.

우르무치 시에 위치한 자치정부청사에서 거행된 위구르족의 마이클 테일러 중령 환송식은 조촐하지만 꽤나 기품 있게 치러졌다.

마이클 테일러는 그저 빵을 가져다주었을 뿐인데 이렇게 융숭한 대접을 받아 얼떨떨한 상태이다.

지방차지정부장관 구리나스는 그에게 연신 감사의 인사를 전했다.

"우리 위구르족이 모두 굶어 죽을 뻔했는데 어떻게 알고 찾아오신 것인지 참으로 신기할 따름입니다."

"이 모든 것이 신의 뜻 아니겠습니까?"

차마 자신들이 쥐고 흔들던 보급품을 되돌려 주려 왔다는 소리는 할 수 없으니 그냥 모든 것을 신에게 돌리는 것이 가장 적당했다.

"아무튼 이 빵, 모두가 잘 나누어 먹겠습니다."

"부디 그래주십시오."

마이클은 아주 기분이 좋은 구니라스에게 슬그머니 독립에 대한 얘기를 꺼냈다.

"듣자 하니 위구르족도 아주 오래전부터 중국 정부에서 떨어져 나와 자치정부를 만들고 싶어 했다고 그러더군요."

구리나스는 조금 무거운 표정으로 그의 말을 받았다.

"물론입니다. 중국에 속하는 모든 소수민족이 그러하듯이 우리는 우리만의 단일 정부를 수립하고 싶었습니다. 하지만 공안의 탄압이나 군사력의 압박으로 인해 매번 좌절되기 일쑤였지요."

"참으로 답답하셨겠습니다."

"…할 수만 있다면 지금이라도 독립을 선언하고 싶은데 말이죠."

순간 마이클은 자신에게 기회가 왔다고 느꼈다.

"그럼 하십시오."

"네?"

"독립이 간절하다면 하십시오. 그것이 자손만대 번영을 위한 길이라면 당연히 해야 하지 않겠습니까?"

"하지만……."

"혹시 중국 정부의 정치적 압박 때문에 그러십니까?"

"아무래도 그들의 탄압이 두렵지요. 자국의 이득을 위해 전쟁까지 불사한 중국 아닙니까?"

그는 구리나스의 어깨를 툭툭 치며 말했다.

"이 어깨에 짊어진 짐을 제가 덜어드리지요."

"그게 무슨 소리입니까?"

"우리 정부에서 당신들에게 총기를 지급해 드리지요. 그것으로 군대를 꾸리고 우리와 협력해서 중국과 러시아를 타파합시다. 그렇게 되면 유엔에서도 당신들을 정식 국가로 인정해 줄 겁니다."

"저, 정말이십니까?!"

"물론이지요. 총기류와 탄약, 박격포 등을 지급하여 무장할 수 있도록 돕겠습니다. 물론 지금처럼 식량도 보급할 것이고요."

아주 달콤한 제안을 받은 구리나스이지만 그 뒤에 숨어 있는 진의에 대한 두려움이 눈앞을 가렸다.

"하지만 그 모든 것을 공짜로 주실 리는 없고……."

"물론입니다. 이 모든 것을 거저 줄 수는 없지요. 우리도 뭔가 얻는 것이 있어야 하니까요."

"조건이 있습니까?"

그는 구리나스에게 연합군 가입 계약서를 내밀었다.

"우리 연합에 들어오십시오."

"중국을 버리고 연합군에 가입하라는 겁니까?"

"지금 한국군은 중국의 수도 베이징을 포위하고 상하이를 점령했습니다. 조만간 중국 남방 영토가 모두 한국의 수중에 들어갈 겁니다. 러시아의 동토 지대 역시 그들의 수중에 넘어

갔고요."

"그렇다는 것은……."

"한국이 전쟁을 끝내면 중국은 뿔뿔이 흩어지고 만다는 소리지요. 지금이 아니면 영영 독립을 할 수 없을지도 모릅니다."

그의 연합군 가입 종용에 구리나스는 아주 심각한 표정을 지었다.

"하지만 우리의 아들들이……."

"혁명에 희생은 불가피합니다. 언제까지나 이렇게 갇혀 살 수는 없는 노릇 아닙니까? 당신은 대대손손 중국의 손아귀에서 놀아나는 위구르족을 물려주실 겁니까?"

"그건……."

"최소한 위구르족의 터전인 신장에 국가를 세워 뿌리를 이어주어야 하지 않겠습니까?"

마이클 테일러의 끝없는 설득에 못 이긴 구리나스가 눈을 질끈 감았다.

"에잇, 그럽시다!"

"가입하시는 겁니까?"

구리나스는 자신의 엄지를 깨물어 혈서와 혈인을 찍었다.

[신장 위구르족 공화국 장관 인]

그는 자신을 신장공화국의 장관이라고 지칭했고, 그것은 곧 위구르족이 자치를 표방한다는 뜻이기도 했다.

"잘 선택하신 겁니다. 이제 곧 미국과 한국에서 총기를 지급할 겁니다. 그것을 젊은이들에게 나누어 주고 당신들만의 군대를 만드십시오."

"고맙습니다."

미국은 물론이고 한국은 현재의 모델 이전에 사용하던 총기와 탱크가 다수 남아 있었다.

그것을 이들에게 넘겨준다면 충분히 중국에 대응할 수 있는 힘이 생길 것이다.

마이클 테일러는 12개의 소수민족 중 한 곳의 서명을 받아내 본국으로 돌아갈 차비를 서둘렀다.

*　　　*　　　*

중국 소수민족을 분열시키는 일은 생각보다 간단했다. 그들은 모두 식량 보급이 끊어지자마자 두 손을 들고 연합군에 투항했다.

그리고 무엇보다도 자신들이 독립할 수 있도록 무기를 지급한다는 것에 아주 만족해했다.

화수는 한국군이 사용하던 제식소총 K—2를 비롯한 구형 총기를 전부 다 끌어 모아 소수민족들에게 지급했다.

그리고 그와 동반되는 탄약과 포탄을 판매하여 총기를 무료로 대여해 준 값을 상쇄시켰다.

또한 이 소수민족들은 10년 동안 총기를 대여한 것에 대하여 한국에 다달이 이용료를 내야 한다.

10년 동안 아주 소정의 금액만 납부하다가 일정 기간이 되면 그 재산은 모두 소수민족의 것으로 귀속될 것이다.

무기를 쥐어주되 한국군과 이해관계가 얽힐 수 있도록 화수는 하나의 장치를 걸어둔 셈이다.

화수는 12개의 소수민족이 동의한 가입서를 받아보곤 흡족한 미소를 지었다.

"으음, 좋군. 이들 모두 진정 참전의 의사를 밝혔답니까?"

"결사항전을 약속했다고 합니다."

"좋아요. 이 정도면 충분합니다. 이젠 우리가 이 전쟁을 끝낼 때가 온 것 같군요."

화수는 텐진과 창저우에 주둔하고 있는 한국의 육군 전력을 움직이기로 했다.

"기갑사단과 항공부대를 움직여 베이징을 공략하겠습니다."

"작전은 언제로 잡으면 되겠습니까?"

"오늘 새벽, 베이징 시가지를 공습하고 적의 퇴로를 차단하기 위한 매복을 준비하십시오."

"네, 알겠습니다."

이제 더 이상 망설일 이유 따윈 없었다.

화수가 이끄는 한국군은 정확히 다섯 시간 후 베이징을 공습하기로 했다.

새벽 2시 20분, 경계가 가장 느슨해지고 군사들이 피곤해할 시간이다.

화수는 미리 군사들에게 오침을 지시하고 피로가 모두 풀렸을 때 공습을 감행하기로 했다.

그는 가장 먼저 사거리 120㎞의 야포와 150㎞의 자주포로 톈진시에서 랑팡시를 초토화시키기로 했다.

그 후에 드론모선을 움직여 랑팡을 거점으로 점령하고 그곳에서 부대를 재정비하여 진격하기로 했다.

"장관님, 포병이 준비를 끝냈습니다."

박격포부터 야포, 자주포까지 모든 포병이 사격 준비를 끝내고 화수의 명령만을 기다리고 있었다.

화수는 자신이 쥐고 있던 지휘봉에 힘을 주며 말했다.

"사격을 개시합니다."

"예, 장관님!"

전석희 중장은 화수의 명령에 따라 각 부대에 지시를 내렸다.

"포병부대는 제1거점을 향해 포격을 시작한다."

—입감.

펑펑펑!

무려 5만의 포병이 내뿜는 화력이란 가히 상상을 초월할 지경, 랑팡 시내는 단 5분 만에 모든 부대시설을 잃고 병력을 후퇴시켰다.

"장관님, 적이 후퇴합니다."

"좋습니다. 이제 우리가 나설 차례군요."

화수가 이끄는 백야함이 앞장서 도주하는 적을 모조리 사살했고, 공군은 그 뒤를 따르며 천천히 랑팡 시가지를 점령하기 시작했다.

—355항공연대, 랑팡 시내 정찰을 완료했다.

"보고하라."

—위험 요소는 없는 것으로 보인다. 움직이는 생명체의 대부분은 들개나 고양이 정도이다.

"알겠다. 계속 근무할 수 있도록."

—입감.

바로 옆에서 무전을 받은 화수는 여기서 멈추지 않고 백야함을 북쪽으로 진격시킨다.

"우리가 앞장서 북경 시내를 타격합니다. 포병은 우리가 폭격을 퍼붓는 동안 후방을 타격하여 적의 퇴로를 차단하십시오."

"예, 장관님!"

백야함은 베이징 시가지 근방으로 드론을 내려 보냈고, 화수는 그 위로 백야함에 달린 함포의 탄환을 쏟아냈다.

휘이이이이잉!

퉁퉁퉁퉁!

"드론부대, 시가지를 정리합니다."

"백야함, 폭격 준비를 끝냈습니다."

"발사."

"발사!"

총 1,500문의 함포가 쉬지 않고 마나 융합 고폭탄을 쏘아대기 시작했다.

쾅쾅쾅쾅!

마치 천지가 개벽이라도 하는 듯 땅이 흔들리고 불이 번쩍여 도저히 앞을 쳐다볼 수 없을 지경이다.

중국 병사들은 별안간 밀고 들어온 한국군을 막아내기에 급급했지만, 이젠 그마저도 불가능했다.

한 차례 폭격이 이어지고 나면 포병들이 이어서 사격을 해대는 통에 도저히 버틸 수가 없었다.

"중국군이 후방으로 후퇴합니다."

"포병들을 전진 배치시켜 도주하는 적을 사살하십시오."

"예, 장관님!"

화수는 중국군을 몰아내는 데 있어 한 치의 망설임이 없었으며, 그들을 사살하는 데에도 손속에 사정을 두지 않았다.

평평펑!

"크헉!"

"이런 빌어먹을 한국군!"

생명의 불씨를 단박에 비벼 꺼버린 화수는 베이징 시내로 육군을 투입시켰다.

"기갑사단과 보병사단을 투입시켜 북경을 점령하십시오. 나머지 비행 전력은 나머지 잔당을 소탕하고 중국군이 멈출 때까지 추격하십시오."

"예, 알겠습니다."

이제 중국군은 영토의 3분의 1을 한국에게 점령당했고, 그나마 남은 영토 또한 독립운동으로 인해 더 이상 통합이 불가능할 것이다.

화수는 백야함으로 베이징을 점령하고 이곳에 중국지부를 건설하기로 했다.

*   *   *

중국 중앙정부 국가 주석 막사.

초췌한 몽골의 군부 수장들이 화진타웨에게 고개를 숙이고 있다.

"죄송합니다."

"…이대로 우리 중화인민공화국이 무너지는 것인가?"

중국군은 벌써 일주일이 넘도록 도망을 다니느라 전력이 절반 이하로 줄어들어 있었다.

미국을 제외한 세계 최고의 군사 강국으로 도약하던 중국의 몰락은 국민들의 가슴에 대못을 박는 사건이 되었다.

하지만 지금 중국 중앙정부가 할 수 있는 일은 지금까지 아껴두었던 비밀병기인 소수민족을 동원하는 것이었다.

"푸념만 늘어놓아 달라질 것이 있겠는가? 어서 소수민족 자치구에 연락을 취해 추가 병력 파견을 요청하게."

"하지만 그것이……."

국방부장관의 표정이 썩 좋지가 않았다.

"무슨 일인가? 또 무슨 일이기에 표정이 그렇게 굳어 있는 것이지?"

"…병력 증강은 아무래도 힘들 것 같습니다."

"뭐라?"

"지금 소수민족들이 자치구에 개국을 선포하고 무장 세력을 갖추고 있다 합니다."

"무장 세력?!"

청나라 시절부터 지금까지 중국의 소수민족 문제는 상당히 위태롭게 그 균형을 맞춰오고 있었다.

언젠가는 터질 것이라고 예상은 했지만, 하필이면 지금 이런 시국에 소수민족 문제가 불거져 사태의 심각성을 더했다.

"도대체 이해가 가지 않는군. 그 많은 군수품을 도대체 어디서 조달했단 말인가?"

"아무래도 미국과 한국이 먼저 손을 쓴 것이 아닌가 합니다."

"…빌어먹을 새끼들! 결국 놈들이 또 일을 저질렀군그래!"

한국군은 지금 60만 전력을 모두 무장시키고도 남을 무기를 보유하고 있었고, 예비 전력 120만에게도 최신식 무기를 보급하는 중이다.

아마 그들이 쓰다 남은 무기를 소수민족에게 보급하면 상당한 전력이 될 것이다.

세계 10위 안에 든 한국의 육군 전력은 그 위력이 상당히 막강했기 때문이다.

거기에 미국과 영국, 프랑스, 스페인 등이 무기를 보급했다면 답은 이미 정해져 있다고 봐야 했다.

"이제 우리가 후퇴할 곳은 없습니다. 어서 빨리 충청이라도 점령해서 홍콩, 청두, 우한, 난양, 시안을 잇는 국경선을 확보해야 합니다."

"···일이 어렵게 되었군."

중국의 광활한 영토 중에 중앙정부의 수중으로 떨어질 구역은 5분의 1도 채 되지 않았다.

물론 대부분이 상업의 중심지라서 앞으로 나라를 꾸린다면 큰 문제는 없을 것이다.

하지만 그들의 기반을 모두 한국과 소수민족에게 빼앗기는 셈이니 100년 동안 잠룡으로 지내오던 그들에게 있어선 수치라고 할 수 있었다.

"선조들을 뵐 낯이 없구나."

"죄송합니다!"

"아니다. 자네들이 잘못한 것이라면 시기를 잘못 타고 태어난 것뿐이네."

그는 측근들이 조언한 대로 중국 중앙 지역으로 군사를 움직여 충칭을 우선적으로 점령하기로 했다.

*   *   *

중국의 12개 소수민족은 자신들의 터전을 영토로 삼은 국가를 선포했고, 임시 유엔은 이것을 승인했다.

미국과 한국, 영국, 프랑스, 스페인 등지에서 조달한 무기를 그들에게 보급하고 중국에서 완벽하게 독립할 수 있도록 했다.

이제 중화인민공화국은 총 12개의 국가로 나뉘어져 자신들만의 문화를 꽃피울 것이다.

그중에서 옌볜 조선족은 한국으로 편입되어 한국의 국적을 갖게 되었고, 앞으로 그들은 한국의 국민과 같은 민족으로 살아가게 될 것이다.

3월 초, 슬슬 날씨가 겨울에서 봄으로 흘러가고 있을 즈음이다.

중국 중앙정부는 공식적으로 소수민족의 독립을 맹비난하며 충칭을 수도로 편성하여 다시 한 번 도약을 꾀하였다.

하지만 한국은 그들의 반항을 두고 보지 않고 병력을 총집결시켜 중국의 국가주석을 압박했다.

총 30만의 병력과 소수민족이 동원한 40만의 추가 병력이 사방을 압박하는 바람에 그들은 지금 꼼짝할 수 없는 상황이 되어버렸다.

중국의 국민들은 더 이상 한국군에게 이길 수 없다고 판단, 무조건 항복을 종용하는 탄원서를 제출하기 시작했다.

그리하여 진행된 종전 합의는 중국의 옛 정부가 상주하고 있던 베이징에서 열렸다.

원래 오성홍기가 가득하던 베이징 중앙정부는 이제 화수가 세운 한국의 지방정부가 군정을 운영하고 있었다.

화진타웨 중국 국가주석은 한국의 대통령 최성균과 마주 앉아 협상을 진행했다.

그는 한국에게 내어줄 땅으로 헤이룽장성과 랴오닝성을 제시했지만, 최성균은 중국의 모든 영토를 원했다.

한마디로 최성균은 화진타웨에게 협상에 대한 발언권을 쥐어줄 생각이 전혀 없었던 것이다.

그는 지도에 거대한 선을 그어 자신의 뜻을 전했다.

"지린, 헤이룽장, 랴오닝, 산시, 허난, 장쑤, 산둥, 저장, 푸젠에 속하는 모든 도시를 우리가 점령합니다. 만약 그것이 싫다면 한국군의 괴뢰정부로 남는 수밖에요."

"…그건 아예 우리의 근거지를 모두 빼앗겠다는 뜻이 아니면 뭡니까?"

"그래도 홍콩과 충칭 등은 아직 중국 중앙정부의 수중에 있습니다. 이 정도면 된 것 같은데요?"

모든 전범 국가가 그렇듯 중국 역시 막대한 배상금을 물어야 했다.

화수가 동원한 물자는 이미 현 중국 중앙정부가 지급하기엔 벅찰 정도로 거대해져 있었다.

때문에 그 모든 것을 영토로서 지불하고 전입을 원하지 않는 중국의 국민은 모두 충청 인근으로 보낸다는 것이 한국 정부의 정책이었다.

최성균의 입장에선 철저하게 일벌백계해야 다음에 또 이런 일이 벌어지지 않기에 아예 여지조차 남기지 않으려는 것이다.

또한 3차 세계대전은 이미 유엔부터 새로 조직해야 하는 상황이기 때문에 땅에 선을 그은 사람이 임자라고 할 수 있다.

그는 한국의 영토를 최대한 넓게, 그리고 유용하게 유지시키려는 것이다.

물론 추후에는 이 중의 몇 개는 다시 중국으로 반환될 수 있을지도 모른다.

하지만 지금 그는 중국에게 이 모든 것 중 하나도 양보할 생각이 없었다.

어차피 중국은 한국에게 큰 발언권이 없기 때문이다.

"어떻게 하실 겁니까? 만약 동의하지 않으시면 그나마 남은 땅에도 지뢰를 심어버리겠습니다."

"…좋습니다. 기왕지사 항복한 김에 확실히 하지요."

잔뜩 굳어 있던 최성균의 표정이 그제야 한결 나아졌다.

"그래, 잘 선택하신 겁니다."

그는 화진타웨에게 종전 협의서를 건네며 말했다.

"이 안건은 협정에 조인하면서부터 즉시 발인됩니다. 그러니 지금 이 순간부터 모든 협약이 채결되는 것이라고 할 수 있습니다."

"알겠습니다."

중국의 정부 수립만이라도 건지려는 화진타웨의 목적은 이뤄졌고, 최성균 역시 영토를 얻었으니 거래는 완벽하게 이뤄진 셈이었다.

*　　　*　　　*

중국 정부의 굴복으로 인해 중동연합은 더 이상의 파병을 멈추고 서유럽으로 보낸 병력만으로 전투를 이어나가고 있었다.

하지만 화수가 이끄는 한국군은 중국을 정복한 것으로 멈추지 않고 그 화살을 유럽으로 돌렸다.

어차피 일본과 러시아는 지금 이대로 전선을 고착시켜도 별문제가 없기 때문에 고립된 지역부터 차례대로 해방시키려는 것이다.

그런 가운데 남미연합군이 아프리카를 거쳐 인도에 함대를 파견하고 육군으로 연안을 점령하는 데 성공했다.

이것으로 인도군은 중국과 소수민족 독립국들에게 압박을 받는 지경에 이르게 되었다.

상황이 이렇게 되다 보니 호주로 파병한 인도군은 전부 본국으로 철수했고, 브라질군은 기수를 돌려 중동 지역을 타격했다.

프란스코 라코우키 대통령은 브라질 육군의 엄청난 병력을 이용해 인도를 봉쇄시켜 놓고 해군과 공군력을 동원해 파키스탄과 이란을 공격했다.

대부분의 전력을 지중해 연안으로 파병한 이란은 브라질의 항공모함이 출현하자마자 혼비백산하여 전선을 내륙으로 물릴 수밖에 없었다.

그 영향은 이라크와 시리아, 터키까지 미쳐 그들의 군사 행동에 지장을 주는 지경에 이르렀다.

이렇게 전선이 점점 고착되어 가던 그때, 화수는 자신이 지속적으로 구매하여 수리한 이지스전함을 전 세계 곳곳으로 파견했다.

옛 미군이 5대양 6대주에 모두 해군을 파견한 것처럼 이번에는 한국군이 그 역할을 자처한 것이다.

발트해 연안.

이곳에 한국군 함대가 출현하여 폴란드와 스웨덴을 무차

별 폭격하고 있었다.

시가지는 벌써 쑥대밭으로 변해 버렸고, 항만은 한국군 해병대가 점령하여 사실상 발트해가 한국군의 수중에 떨어졌다고 볼 수 있었다.

덴마크는 이미 한국군에게 항복하여 패전국 대열에 동참했으며, 그나마 스웨덴이 한국군과 교전을 치르는 중이었다.

스웨덴 해군참모총장 미카엘 요한슨은 마치 벌 떼처럼 몰려다니는 한국군 함대를 바라보며 욕지거리를 씹어 뱉었다.

"젠장! 도대체 저 많은 전투기는 어디서 난 거야?!"

"제독, 이제 곧 말브르크까지 적 전투기가 몰려들 겁니다! 어서 명령을 내려주십시오!"

그나마 건조 직전이던 항공모함이 파괴되면서 스웨덴 해군은 더 이상 발트해 연안을 지킬 수 없게 되었다.

이제 남은 것은 저들의 손에 죽느냐, 후퇴하느냐만 남았다.

"정부에선 뭐라고 하나?"

"항복은 각 제독에게 맡기겠다고 합니다."

"……."

한마디로 국가는 지금 전투에 대한 의지가 전혀 없다는 소리나 마찬가지였다.

"설마하니 사태가 이 지경에까지 이를 줄이야……."

"어떻게 할까요?"

그는 이미 전의를 상실한 병사들을 바라보며 깊은 한숨을 내쉬었다.

"…백기를 내걸어라."

"항복을… 하시겠다는 말씀이십니까?"

"국가의 명운은 이제 신에게 달렸다. 우리는 할 만큼 했어. 최선을 다했단 말이다."

미카엘은 이 전쟁에서 더 이상 장병들이 사망하는 것을 원하지 않았다.

더 이상의 희생은 소모전에 의한 불필요한 죽음이라고 생각했다.

결국 그는 병사들의 생명을 살리기 위해 굴욕을 감수하기로 한 것이다.

스웨덴 전함은 모두 백기를 내걸었고, 한국군 함대는 그제야 포격을 멈추고 발트해 연안에 함대를 정박시켰다.

이윽고 한국군 함대는 종전협정에 조인하는 협상을 벌이자는 무전을 날렸다.

―스톡홀름에서 정전협정을 갖기를 바란다. 이에 응한다면 답신을 주도록.

미카엘은 직접 무전기를 들고 말했다.

"일단… 정부와 상의해야 할 것 같다. 시간을 조금 주었으면 한다."

—알겠다. 우리는 이곳에 진을 치고 그대들의 답을 기다리고 있겠다.

"알겠다. 그럼……."

이내 무전을 끊은 그는 좌절감에 쓰고 있던 함장모를 벗어 가지런히 바닥에 내려놓았다.

"…항복이다. 모두들 집으로 돌아가자."

"예, 제독."

씁쓸한 귀향이긴 했지만 목숨을 잃지 않고 집으로 돌아갈 수 있다는 것만으로도 병사들에겐 충분한 의미가 있을 것이다.

미카엘은 스스로 그렇게 위안을 삼으며 함대를 귀항시켰다.

* * *

한국군이 중국을 굴복시키고 난 후, 세계의 정세는 급격히 돌변하기 시작한다.

중동의 오일 파동 때문에 어쩔 수 없이 참전한 국가들이 속속들이 한국에 투항 의사를 밝혀온 것이다.

이에 화수는 각 국가에 한국군 주둔지를 마련하고 그곳에 첨단 무기와 함대를 주둔시켰다.

유사시엔 일주일간 방어가 가능하며 그 안에 한국군 함대가 상륙할 수 있는 기반을 마련한 것이다.

전 유럽은 이제 무릎을 꿇었고, 프랑스와 영국 등에 엄청난 배상금을 물어줄 일만 남았다.

러시아 상트페테르부르크.

이곳에 한국군 병력 25만이 몰려들어 진을 쳤다.

화수는 이곳에 육군 제2, 3군을 주둔시키고 러시아를 압박하여 종전협정에 조인할 수 있도록 유도하고 있었다.

하지만 그들은 아직도 일본의 저력을 믿고 있는 것인지 쉽사리 포기할 여지를 보이지 않았다.

이에 화수는 모스크바로 백야함을 이끌고 진격해 이 전쟁을 끝내기로 했다.

백야함에 오른 화수는 기갑사단의 절반과 거의 모든 공군력을 동원하여 모스크바 인근을 무차별적으로 폭격했다.

모스크바 지하 피난소로 모두 대피한 병사들은 5분에 한 번씩 계속되는 폭격에 도저히 버틸 수가 없었다.

식량을 조달할 수도 없었고, 숨도 제대로 쉴 수가 없었다.

지상에 남아 있던 모든 건물은 이제 그 형체를 알아볼 수 없었으며, 중장비와 정밀 장비는 전부 파괴되어 흔적도 없이 사라졌다.

러시아 국방부장관 이바노프 블라디미르는 대통령 구세프 안톤에게 아주 신중하게 항복을 권고했다.

"…이제 그만 전쟁을 멈추고 항복하시는 편이 어떨까 싶습니다."

"우리의 저 광활한 영토를 모두 버리고 치졸하게 항복이나 하자는 것이오?"

"병사가 많이 죽었습니다. 민간인들의 터전도 거의 모두 허물어졌고요. 이 상태로 조금만 더 머물렀다간 러시아 자체가 아예 붕괴될 수도 있습니다."

그는 동토지대 인근에 머물고 있는 국민들과 그렇지 않은 국민들의 생활수준에 대한 지표를 차트로 만들어 정리했다.

그리고 그것을 구세프 안톤에게 내밀자 그는 고개를 떨구고 말았다.

"생활수준이 벌써 세 배가 넘게 차이 납니다. 저들은 끼니를 걱정하기보다는 앞으로 어떻게 생활수준을 높일까 걱정하고 있습니다. 이미 저들은 태평성대에 접어들었다는 소리입니다."

한국령에 귀속된 러시아 중앙시베리아와 동토지대는 이미 생활수준이 상당히 많이 올라가 있었다.

그에 반해 러시아의 중심부라고 할 수 있는 서부지대는 이미 모든 기반 시설이 다 초토화되어 더 이상 생활을 할 수 없을 지경이었다.

대부분의 지역은 구 자연 상태로 돌아가 경작을 다시 시작하고 있었다.

그나마 한국군은 한번 점령한 곳엔 상당히 관대하게 대하기 때문에 가능한 일이었다.

만약 여기서 구세프 안톤이 결사항전을 계속한다면 한국군 역시 가만있지 않을 것이다.

그는 이내 한숨을 푹 내쉬며 말했다.

"…합시다."

"예?"

"…항복합시다. 그게 나라를 위한 일이라면 그렇게 해야지요."

이바노프 블라디미르는 그의 앞에 정중히 고개를 숙였다.

"각하에게 이런 충고밖에 할 수 없는 저를 용서하십시오."

그는 씁쓸한 미소와 함께 자리에서 일어섰다.

그리곤 비서실장에게 전화를 걸어 대통령 성명을 발표할 것을 지시했다.

*   *   *

미항공우주국 비밀탐사팀.

이곳은 미국 내부에서 일어나는 미스터리한 사건을 다루는 기관이다.

이들은 최근 나사 미시간 연구소에 유성이 떨어진 사건을 조사하기 위해 해당 지역을 찾았다.

비밀탐사팀장 다니엘 크레이크는 유성우로 인해 쑥대밭이 된 연구소 부지를 벌써 보름째 탐사하고 있었다.

혹시나 이곳에서 특이한 점이라도 발견할 수 있을까 하는 기대감을 갖고 있는 것이다.

처음 그가 이곳에 왔을 때엔 아무런 특이점도 찾을 수가 없었다.

건물의 외벽은 충격으로 깨져 있었고, 연구원들과 연구 시설 모두 깔끔하게 사라졌기 때문이다.

어떻게 생각하면 전혀 흔적을 남기지 않은 사건이지만, 잘 생각해 보면 이 깔끔함이 가장 큰 특이점이라는 것을 알 수 있었다.

바로 며칠 전까지만 해도 본부로 연구보고서를 올리던 연구원들과 허블 망원경 등이 통째로 사라졌다는 것은 도저히 있을 수 없는 일이었다.

그들이 장비를 들고 제3국으로 귀순했다면 몰라도 그렇지 않은 이상 도저히 이 현상에 대해 설명할 길이 없었다.

그래서 그는 조금이라도 더 이곳 현장에 머물면서 특이점을 찾기 위해 노력하고 있었다.

무너진 잔해더미를 하나하나 들추어가며 현장을 조사하던 그의 무전기에 잡음이 들렸다.

치이이익!

"으음?"

그는 곁에 있는 대원들에게 잡음에 대해 물었다.

"누가 발신 버튼을 눌렀나?"

"아니요. 저는 아닙니다."

"저도요."

그러던 도중 한 대원이 뜻밖의 말을 꺼냈다.

"아참, 줄리아가 장비를 가지러 RV에 다녀온다고 했습니다."

"줄리아가?"

"네, 아마도 그녀가 잘못 누른 것이 아닐까요?"

"흠……."

무전기의 발신 버튼은 아주 꽉 누르지 않으면 작동이 되지 않는다.

보통은 이 무전기를 사용하는 구역이 대부분 험준한 지형이기 때문에 내구성이 상당히 좋았다.

그렇기 때문에 버튼이 잘못 눌릴 가능성은 거의 없다고 보는 것이 맞았다.

그는 즉시 무전기 발신 버튼을 눌렀다.

"줄리아, 여기는 본부다."

―치익.

마치 그의 목소리에 반응이라도 하는 듯 아주 짧은 잡음이 들려왔다.

그는 다시 한 번 발신 버튼을 눌러본다.

"줄리아? 무슨 일이야? 왜 대답이 없어?"

―치익.

또다시 같은 증상이 반복되었고, 대원들은 동시에 같은 생각을 했다.

"무슨 일이 생긴 것 같아요!"

"일단 가보자고."

일행은 하던 일을 멈추고 모두가 함께 타고 온 RV를 향해 무작정 달렸다.

약 10분 후, 일행은 드디어 그녀가 짐을 챙기고 있던 RV 캠핑장 근처에 닿을 수 있었다.

"줄리아!"

저 멀리 쪼그려 앉아 있는 줄리아가 보였다.

그들은 지체 없이 달려가 줄리아의 안부를 물었다.

"이봐, 줄리아! 괜찮아?"

"……."

"줄리아?"

줄리아는 긴 생머리를 아래로 축 늘어뜨린 채 가만히 앉아 무전기만 만지작거리고 있었다.

아무래도 그녀는 뭔가 큰 충격을 받은 것으로 보였다.

다니엘은 그녀에게 다가가 어깨를 살며시 다독이며 말을 걸었다.

"줄리아, 도대체 무슨 일이야? 무전기를 가지고 장난이나 치다니 말이야."

바로 그때였다.

뚜두두두둑!

"끄이에에에에……."

줄리아의 목이 180도 돌아가더니 이내 다니엘을 바라보며 괴기한 소리를 낸다.

그녀의 안색은 이미 시퍼렇다 못해 녹색으로 물들어 있고, 이는 모두 썩어 형체를 알아볼 수 없었다.

마치 관에서 한 달은 족히 부패한 시체를 보는 것 같았다.

"이, 이건……."

"끄이에에에엑!"

줄리아가 괴기한 소리를 내며 자리에서 일어섰다. 일행은 화들짝 놀라며 무작정 달리기 시작했다.

"도, 도망쳐!"

"끄이에에에엑!"

하지만 일행 중 한 명이 돌부리에 걸려 넘어지고 말았다.

그리고 그는 그녀의 손아귀에 붙잡혀 목덜미를 물리고 말았다.

쫘득!

"끄아아아악!"

"쩝쩝!"

그녀는 살아 있는 남자의 생살을 그대로 뜯어 먹으며 마치 굶주린 짐승처럼 울부짖었다.

"끄이에에엑, 끄에에엑!"

"이, 이게 도대체 어떻게 된 일이야?!"

잠시 후, 그녀에게 목덜미를 물어뜯긴 연구원이 자리에서 벌떡 일어선다.

"끄엑?"

"마, 마이클?"

"끼에에에엑!"

그녀에게 목을 물어뜯긴 마이클 역시 마치 오래된 시체처럼 부패하여 형체를 알아볼 수 없게 되어버렸다.

도저히 사람의 상식으론 이해할 수 없는 상황이었다.

"티, 팀장님, 도대체 어떻게 된 걸까요?"

"글쎄… 일단 이곳을 빠져나가자고."

　남은 팀원들은 RV를 버리고 도보로 현장을 빠져나가기로
했다.

8장

종전, 그리고
다가오는 또 다른 위협

필리핀 마닐라.

이곳에 북한군의 괴뢰정부가 위치해 있다.

현지인들은 대부분 군정에 의해 사상 개조를 강요당하고 있었다.

미군은 이를 한시라도 빨리 막기 위해 모든 병력을 필리핀에 집중시켰다.

필리핀 해안 북부, 미군 함대가 병력 25만을 이끌고 상륙을 준비하고 있었다.

항공모함 11척에 실린 전투기는 단번에 북한의 본거지를 궤멸시킬 것이고, 이제 그 난민들은 다시 한국으로 송환될 것이다.

구 마닐라 정부청사를 점거한 북한군은 이제 마지막 전쟁을 준비하는 데 전력을 기울였다.

전쟁에서 이길 것이라고는 생각하지 않지만, 자신들의 이념과 지조를 지키기 위해 총을 든 것이다.

그나마 남은 병사의 숫자는 15만.

하지만 이들이 가진 무기는 상당히 노후해 격발도 안 되는 것이 태반이었다.

미 해군 1개 함대를 상대하는 것도 버거운 판에 미국의 전 함대를 상대한다는 것은 사실상 불가능한 일이었다.

하지만 그들은 이 전쟁에 목숨을 걸기로 했다.

북한군 총사령관 이성복은 직접 일선에 나서서 군사를 지휘했다.

"대공포대를 점검하고 야포를 전진 배치해라!"

"예, 장군님!"

일사불란하게 움직이는 북한군들. 이제 사령부와 사령부 사이가 무전기로 이어질 정도로 좁은 이곳을 지키기 위해 고군분투해야 한다.

그러나 이들은 적의 얼굴도 채 확인하지 못하고 그 자리에서 분화하고 말았다.

"장군! 공중에 적의 전투기가 몰려옵니다!"

"뭐라?!"

쿵쿵, 콰앙!

전투기의 종류에는 F—22 같은 중형 전투기만 있는 것이 아니다.

M2폭격기처럼 융단폭격으로 한 지역을 아예 초토화시킬 수 있는 장탄량이 많은 기체도 있었다.

한마디로 미국의 전력이 모두 한곳으로 몰려든다는 것은 전 세계에 있는 전투기란 전투기는 다 볼 수 있다는 소리다.

네이팜탄을 비롯한 수많은 포탄이 북한군이 주둔하고 있는 마닐라를 단숨에 잿더미로 만들어 버렸다.

"장군! 어서 피하십시오!"

무려 25만 명이 주둔하고 있지만 미군에게 제대로 저항할 수 있는 무기는 거의 갖춰지지 않았다.

때문에 저들이 때리면 그저 맞고 버티면서 악으로 시간을 버는 수밖에 없었다.

이성복은 그럴 것이라면 차라리 나가서 싸우는 쪽을 선택했다.

"각 사령관에게 전하라! 우리는 적이 있는 곳까지 돌격하다 죽는다!"

"예, 장군!"

북한 체제가 무서운 것은 그들의 이념이 군사들의 머리 깊숙이 박혀 있기 때문이다.

하지만 그 체제는 총수가 무너지면 아무런 의미가 없다.

타앙!

"크헉!"

이성복을 따라서 목숨을 걸고 달려 나갈 것 같던 북한군 간부들은 그의 심장에 총알을 박아 넣었다.

그는 심장을 부여잡고 쓰러졌다.

"이, 이런 자본주의 개새끼들 같으니!"

"당신 때문에 25만의 청년이 다 죽을 수는 없는 노릇 아니요? 살 사람은 살아야지."

지금 그들이 무기를 버리고 투항한다면 한국군에서 받아줄 수도 있다.

하지만 지금 이 전쟁에서 결사항전을 고수한다면 그나마 살아남은 사람도 모조리 죽고 말 것이다.

그것이 바로 전쟁의 참혹함이었다.

"우리는 다시 고향으로 돌아가야겠소. 듣자 하니 한국군이 점령한 곳에선 기근이 없다고 하더군. 그곳에서 가족들과 함께 내 밥그릇 지키면서 살 것이오."

"이런 반동 놈의……."

타앙!

다시 한 발. 이성복은 시야 정면으로 날아온 총알을 바라보며 아주 짧게 미소를 지었다.

'…끝이구나.'

차라리 이렇게 부하들의 손에 죽는 편이 그의 자존심에 누가 되지 않을 것이다.

적들에게 목숨까지 내어주면서 이 세상을 떠나고 싶지 않은 것이 그의 진심이었다.

그는 아주 편안하게 눈을 감았고, 병사들은 무기를 버리고 미군에게 투항 의사를 밝혔다.

"항복이오!"

백기를 내걸고 두 손을 든 북한군에게 미군은 자비를 베풀었다.

"무장을 해제한 군사들은 모두 두 손을 머리에 올리고 무릎을 꿇어라! 그러면 살려주겠다!"

그들은 일제히 머리에 두 손을 올리고 무릎을 꿇었다.

군인으로서 무릎을 꿇는다는 것은 상당히 불편한 일이었지만 전쟁에서 진 사람은 말이 없었다.

북한군은 미군이 자신들을 포박함에 있어서 별다른 반항을 하지 않았다.

*   *   *

북한군이 미군의 손에 의해 궤멸되었을 즈음, 화수는 북해도와 후쿠오카 인근에 있던 함대를 모두 일본 중앙 열도로 집결시켰다.

치바 연안에 모여든 한국군은 도쿄를 중심으로 원형 포위 진형을 짰다.

그리고 그 주변에서 진을 치고 서서 도쿄 안에 있는 괴뢰정부가 언제 항복할지 기다리고 있었다.

하지만 그저 손 놓고 적들이 알아서 기어 나오기만을 기다리는 것은 화수의 성미에 맞지 않다.

그는 도쿄 총리 관저에 특작부대와 함께 암살전문가 두 명을 투입시켰다.

화수의 첨단 무기로 무장한 리처드는 자신의 주특기를 살려 마나카 요시히로를 암살하기로 했다.

그가 대동한 요원들은 폭격이 시작되기 전에 리처드를 안전하게 빼내줄 전 일본 정보국 공작원들이었다.

화수는 도쿄를 무차별 폭격하기 위해 포위 진영을 펼치고 있었지만, 전 일본 정부는 그것을 원하지 않았다.

그들은 화수와 한국군에게 지금 그들이 점령한 영토를 넘겨주는 조건으로 도쿄 등지를 안전하게 살려달라고 부탁했다.

화수는 그것을 수락했고, 리처드는 마나카 요시히로를 암살하고 수로를 통해 도망치기로 한 것이다.

아마 국가 원수가 사망하게 되면 괴뢰정부도 알아서 무너질 것이니 화수는 약속을 지킨 셈이다.

마나카 요시히로가 머물고 있는 총리 관저는 거의 요새 수준으로 경계를 강화하고 있었다.

일본 공작원들은 리처드가 이곳을 돌파할 수 없을 것이라고 생각했다.

사방에 레이저 센서가 붙어 있는 총기 관저에서 암살이란 말도 안 되는 일이었기 때문이다.

하지만 이런 철저한 보안 속에서도 리처드는 절대로 위축되는 법이 없었다.

그는 이번 작전에 자신의 절친인 로이드를 대동했다.

"어이, 로이드. 잘 들리나?"

―그래, 잘 들린다.

"다시 한 번 말하지만 단 일격에 끝내야 한다. 알지?"

―장사 하루 이틀 하냐?

"네가 잘못하면 내가 죽으니까 그렇지."

―큭큭, 어울리지 않게 걱정은.

"아무튼 잘 부탁한다."

―걱정 붙들어 매셔.

리처드와 로이드가 짠 작전의 개요는 이러했다.

총리 관저에 있는 레이저 센서는 온통 그가 은거하고 있는 집무실 안쪽에 설치되어 있었다.

만약 이곳까지 리처드가 잠입한다면 총리는 센서가 알리는 경보를 듣고 즉각적으로 안전장소로 이동하려 할 것이다.

그때, 로이드가 총신을 확장한 정밀저격총인 K—14C를 가지고 6㎞ 밖에서 마나카 요시히로를 저격하는 것이다.

K—14C의 유효 사거리는 총 8㎞.

보통 사람이라면 아예 보이지도 않을 거리에서 요격을 할 수 있는 셈이다.

탄환은 마나 융합 저격탄으로, 24㎜ 구경에 마나코어로 도금하여 바람의 저항을 전혀 받지 않는다.

때문에 지형만 잘 계산하면 절대 작전이 실패할 리 없었다.

로이드는 건물이 무려 네 개나 겹쳐 있는 곳에서 오로지 스코프 하나만을 가지고 저격할 것이다.

하지만 두 사람은 동선을 철저하게 파악했기 때문에 조준만 잘하면 전혀 문제될 것이 없었다.

"작전을 시작한다."

—행운을 빌지.

이윽고 리처드는 로이드 한 사람만 믿고 적진의 심장부로 잠입해 들어갔다.

그는 정보부에서 제공한 총리 관저의 해부도면을 스마트
워치에 집어넣어 원격으로 지도를 살피며 환풍구로 잠입했
다.

 환풍구에는 먼지가 거의 없었는데, 때문에 조금만 큰 소리
가 나도 건물 전체에 그 소리가 울려 퍼질 것이다.

 '일이 복잡하겠군.'

 하지만 그에게 있어 이런 난관쯤은 아무것도 아니었다.

 이것보다 더 복잡한 상황에서도 그는 목표물을 한 번도 놓
친 적이 없었다.

 "후우……."

 깊게 심호흡을 한 그는 낮은 포복 자세로 환풍구 안을 기어
총리 관저 중앙통제실로 향했다.

 이곳은 무려 200개의 레이저 센서가 달려 있어 그 어떤 구
역으로 침입한다고 해도 경보기가 울릴 것이다.

 하지만 그의 목적은 애초에 경보기를 울리는 것이지 안전
하게 침투하는 것이 아니었다.

 그는 마치 거미줄처럼 얽혀 있는 레이저 경보기가 위치한
중앙통제실 건너 방까지 도달했다.

 이다음부턴 환풍구가 없으니 직접 적을 사살하면서 작전
을 수행해야 한다.

 로이드는 K—1A4의 레일식 탄창을 총의 윗면에 착용시키

고 총구에 소음기를 부착했다.

딸깍.

그리곤 이내 총리 관저를 지키는 열 명의 요원들 머리에 차례대로 총알을 박아 넣었다.

핑핑핑핑!

"크헉!"

사격에 성공한 그는 곧장 2차 저지선까지 그대로 돌격했다.

레이저 센서가 있는 곳까지 들어선 그는 주머니에서 섬광탄과 세열수류탄을 꺼내 들었다.

팅!

"진짜 쇼 타임이다."

ㅡ오케이.

그는 섬광탄을 중앙통제실 깊숙한 곳까지 집어 던졌다.

까앙!

그러자 그 소리가 온 통제실에 울려 퍼졌다.

"뭐야? 무슨 일이야?"

"깡통?"

바로 그때, 섬광탄이 주변을 눈부시게 물들였다.

퍼엉!

"으으윽!"

"서, 섬광탄?!"

이윽고 그는 그 앞에 세열수류탄을 집어 던져 적들을 모조리 사살했다.

콰앙!

"크허억!"

수류탄이 터지자마자 중앙통제실 안으로 들어선 리처드는 경보기를 울림과 동시에 전방으로 총을 난사했다.

두두두두두두두!

소음기를 제거하고 총을 쏘았기 때문에 그 소리는 100미터도 밖에서 들릴 정도였다.

그러니 근방에 있던 요원이란 요원은 죄다 불러들일 수 있을 것이다.

그리고 자연스럽게 이곳에 있던 마나카 요시히로가 안전구역으로 이동하기 위해 자리를 옮길 터였다.

그는 현재 상황에 대해 설명했다.

"로이드, 이제 놈이 움직일 거다. 내가 이 안을 아주 쑥대밭으로 만들어놨거든."

—잘했다. 이젠 내가 알아서 놈을 처치할게.

이윽고 그는 다시 왔던 곳으로 되돌아가 환풍구 안으로 몸을 숨겼다.

그런 이후엔 낮은 포복으로 환풍구 바닥을 기어 탈출을 도와주기로 한 전 일본 정보부 요원들과 접선했다.

쾅!

환풍구의 문을 뚫고 지하수로로 내려온 그의 눈에 모터보트를 준비하고 있는 두 명의 요원이 보였다.

"성공했습니까?"

"절반은요."

"알겠습니다. 그럼 지금 당장 본대로 복귀합시다."

"알겠습니다."

그들은 모터보트를 몰아 치바까지 단숨에 달려 나가기로 했다.

*　　　*　　　*

총리 관저 인근 8㎞ 밖의 한 고층 빌딩, 이곳의 옥상에는 탄도학 계산기를 설치해 놓고 엎드려쏴 자세로 스코프를 바라보고 있는 로이드가 있다.

―우로 4미리 보정.

"입감."

그의 부사수는 현재 4㎞ 밖에서 그를 도와주고 있었는데, 그는 그가 알려주는 값에 따라 스코프를 조정하고 정확한 타이밍을 노렸다.

로이드는 계산기에 나온 시간적 오차를 계산하여 저격총의 방아쇠를 당길 것이다.

보통 탄환이 날아가는 속도는 400㎧인데, 이것은 총알이 공기의 저항을 뚫고 날아가기 때문에 생기는 결과이다.

원래 탄환은 초당 900~1,000㎧의 속력을 갖는데, 이것은 어지간한 저격총이 저격과 동시에 사람을 죽일 수 있는 이유이기도 했다.

아무리 바람의 영향을 받지 않는다곤 해도 무려 8㎞나 떨어진 곳에서 저격총을 쏘면 적어도 7~8초 후에 사람이 맞는다는 가정이 나온다.

그러니까 정확히 목표물이 지나가는 시간을 계산하지 않고 쏘면 저격에 실패할 수밖에 없다는 소리였다.

로이드는 주변의 상황과 탄환이 날아가는 시간까지 정확하게 계산하여 조준점을 잡았다.

이제 남은 것은 그의 집중력과 흔들리지 않는 자신감이다.

'나는 할 수 있다. 난 할 수 있어.'

그는 계속해서 스스로에게 최면을 걸었고, 드디어 부사수의 사격 명령이 떨어졌다.

―1초 남았습니다. 우리가 계산한 것이 틀리지 않기만을 바라자고요.

"그럽시다."

이윽고 그는 온 신경을 집중해 저격총 스코프에 나온 점을 따라 탄환을 발사했다.

화수가 개발한 신형 스코프는 광학화 조준이 가능하기 때문에 가상의 적을 만들어 사격하는 것이 가능했다.

워낙에 탄환의 비행 시간이 길기 때문에 만들어놓은 기능인데, 이것은 로이드가 작전을 성공시키는 데 큰 도움을 줄 것이다.

타앙!

드디어 로이드가 쏜 탄환이 발사되어 목표 지점으로 날아갔다.

피융!

—도착 5초 전, 4, 3, 2, 1, 놈이 나타났습니다.

예상대로 마나카 요시히로가 나타났다.

하지만 여기서 전혀 예상치도 못한 변수가 생기고 말았다.

그가 발을 헛디뎌 그만 넘어지고 만 것이다.

—젠장! 놈이 넘어졌어요!

—이런 빌어먹을! 이젠 어쩌지?

리처드의 걱정 어린 말투에 로이드는 오히려 자신을 다독이며 마인드컨트롤에 들어갔다.

그는 다시 마나카 요시히로가 일어날 때까지 기다린 후 조준점을 다시 잡기로 했다.

이윽고 곧장 자리에서 일어선 마나카 요시히로는 관저에 설치된 헬기장으로 내달리기 시작했다.

　로이드는 눈대중으로 그의 달리기 속도를 가늠하여 조준점을 설정했다.

　'저 정도 속도라면…….'

　그는 부사수 없이 자신 혼자만의 판단으로 목표를 조준하여 사격을 실시했다.

　"좌로 2밀 보정."

　[정말 이 값으로 사격하시겠습니까?]

　"승인."

　광학화 장비에 사격값을 장입하자 그의 눈앞에 조준점이 나타났다.

　이제 그가 흔들리지 않고 사격한다면 그 조준점에 정확히 탄환이 날아갈 것이다.

　"후우……."

　깊게 심호흡한 그는 다시 방아쇠를 당겼다.

　타앙!

　하지만 이번에는 한 번 사격으로 끝나지 않고 재장전하여 목표를 곧장 다시 사격했다.

　철컥!

　[장입값 변경 없이 다시 사격합니다.]

데이터를 입력하지 않으면 광학화 장비는 그다음 조준을 사수에게 맡긴다.

이번에 그는 자신의 감대로 다시 한 발을 쏘았다.

타앙!

총 두 발.

이젠 정말 신의 뜻에 따라 작전의 실패 유무가 결정될 것이다.

끝까지 스코프에서 눈을 떼지 않는 로이드, 그는 마른침을 삼키며 시간을 셌다.

"…다섯, 여섯, 일곱……."

바로 그때였다.

서걱!

ㅡ명중입니다! 타깃이 쓰러졌습니다!

"휴우!"

ㅡ고생 많았습니다!

"후후, 내가 한 것이 뭐 있습니까? 리처드가 목숨을 걸고 뛰어준 덕분이지요."

ㅡ하하, 그래도 한 발 빗나간 것을 다시 잡지 않았습니까? 정말 대단하군요.

"별말씀을요."

이윽고 그는 사격 장비를 모두 챙겨 건물 옥상에서 내려와

본진으로 향했다.

*　　　*　　　*

리처드와 로이드의 활약으로 마나카 요시히로의 저격에 성공한 한국군은 일본에게 무조건 항복을 권유했다.

그러자 우두머리를 잃은 괴뢰정부가 총리 관저에 백기를 내걸었다.

이것으로 일본은 다시 구 정부에게 주권이 돌아가게 되었고, 한국은 후쿠오카 지방과 북해도 지방을 얻게 되었다.

일본은 전쟁에 대한 배상금을 영토로 대신하고 도쿄도를 비롯한 중앙 열도를 다시 수복했다.

이로써 사실상의 3차 세계대전은 끝이 났으며, 각 국가의 전쟁 배상금 협상만이 남은 상태이다.

한국은 러시아와 일본, 중국에서 영토로 전쟁 배상금을 대신 받았고, 미국은 중동의 유전개발권을 자신들이 회수하여 승전국에게 골고루 나누어 주었다.

또한 중동유럽 지역의 국가들은 영국과 프랑스, 스페인, 포르투갈에게 각각 100억 유로를 배상하기로 했다.

한국의 환율로 따지면 약 10조 원, 국가에 따라 다르겠지만 거의 1년 치 예산이 배상금으로 빠져나간 것이다.

그나마 이것은 새로운 유엔의장국인 한국이 절충한 사안이며, 해당 국가들이 몇 수 물려 납득했다.

일본의 자위대는 이제 군사력을 행사할 수 있게 되었지만 작전권은 모두 한국군에게 귀속되었다.

중국과 러시아 또한 군사력을 상비시킬 수는 있었지만 한국과 미국에게 작전권을 빼앗기고 말았다.

승전국은 이제 선진국 반열에 오를 테지만, 패전국들은 경제적 피해를 복구하기 위해 몇 년간 열심히 일해야 할 형국에 놓이게 되었다.

한국 역시 전투를 치른 구역들을 재정비하고 지방정부를 세우는 데 온 힘을 다하고 있었다.

군사중앙지부로 선정된 평양은 화수의 관저와 군사의 중앙기관이 속속들이 세워지기 시작했다.

또한 군사의 기본 훈련 시설을 하얼빈과 블라디보스토크로 옮기고 그 기간을 1년으로 늘리기로 했다.

이 1년의 기간 동안 계절에 따른 특성과 전술, 전략, 무기의 전문화를 꾀하기로 한 것이다.

이번 전쟁으로 인하여 드러난 한국군의 가장 큰 문제는 바로 실전 경험 부족과 전문성 결여에서 오는 전력 약화였다.

2년 내내 군 생활을 해온 장병들조차 제대로 전투를 치를 수 없는 경우가 허다했으며, 장교와 하사관들 역시 그러했다.

만약 화수의 첨단 무기가 없었다면 이번 전쟁은 분명 한국의 참패로 끝났을 것이다.

화수와 국방부는 이런 심각한 사항을 전면 수정하기로 하고 현재 복무하고 있는 군대를 제외한 이후 부대부터는 전문직 군인만 받아 군대를 편성하기로 했다.

만기 복무 2년을 모두 채운 병사들의 경우엔 전역을 해주고 아직 복무 기간이 남은 병사들은 계속해 군에 머물도록 했다.

그리고 그 이후로 들어오는 군사들의 경우엔 철저히 모병제로 전환하여 고액의 연봉을 지급하기로 했다.

병사의 경우, 이등병으로 입대하여 기본 군사훈련을 모두 마치면 총 5천만 원과 함께 초봉 250만 원부터 월급을 지급하기로 했다.

또한 주 5일 근무에 근무 수당을 따로 지급하고 각종 생활비를 모두 국비로 지원하기로 했다.

기본 복무 기간을 2년, 그 이후에는 중사까지 진급 시험 없이 10년간 자유 근속이 가능했다.

단, 자유 근속 기간에는 제대 대기 기간 1년을 두어 무분별한 이탈을 막기로 했다.

평양 군사중앙지부 국방부장관의 관저.

화수는 이곳으로 회수와 그의 가족들을 불러들여 생활하기로 했다.

그리고 주말마다 이수그룹을 방문하여 경영에 일부 참여하면서 국방부장관 생활을 꾸려 나갈 것이다.

화수네 집이 평양으로 이사하는 날, 이삿짐센터 직원들이 단출한 짐을 챙겨 관저로 들어섰다.

"잊은 것이 없는지 확인했지?"

"물론이지."

회수는 가족들을 데리고 평양으로 올라오느라 정신이 하나도 없는 상태였다.

하지만 그녀 특유의 꼼꼼함 덕분에 빠진 짐은 없는 것 같았다.

부우, 부우!

올빼미 충식도 그녀를 따라 평양으로 올라왔다.

"오랜만이구나."

부우, 부우!

이제 충식은 날개를 펼치면 무려 1미터에 달할 정도로 성장했다.

화수의 어깨 위로 날아와 앉은 충식을 따라서 샤넬리아와 의형제들이 도착했다.

"이사는 다 끝났습니다. 이제 이곳에서 생활하는 일만 남왔군요."

"내가 살다 살다 북한에 다 와보다니 감회가 새롭군."

"이제는 이곳이 우리의 집이다. 적응해 살아가야지."

"물론이지요."

화수는 가족들을 데리고 새로운 보금자리에서 저녁 식사
를 하기로 했다.

*   *   *

미국 정보부 CIA.

이곳에선 얼마 전 벌어진 미시간 주 살인사건을 비밀리에
조사하는 중이다.

약 보름 전, 미시간 일대에 위치하고 있던 나사 연구소가
의문의 사건으로 초토화되었다.

현재 생존자는 남아 있지 않으며, 다만 그곳의 상황을 녹화
한 블랙박스만이 존재할 뿐이었다.

하지만 그 블랙박스의 영상도 복구가 불가능할 정도로 심
하게 노이즈가 끼어서 도저히 참고할 수가 없었다.

경찰은 이 사건을 단순 연쇄살인이라고 단정 지었으며, 조
만간 이곳을 폐쇄할 것이라고 발표했다.

겉보기엔 이 사건이 그저 단순한 연쇄살인으로 보이지만,

그 내용을 조금만 들여다보면 CIA가 투입될 정도로 은밀한 사건임을 알 수 있었다.

며칠 전, 정보국장 존 마샬은 자신의 관저로 날아든 메시지 한 통을 받았다.

그것은 바로 미시간 연구소장 다니엘 크레이크가 죽기 전에 남긴 음성 녹음 파일이었다.

그가 죽기 전에 남긴 말은 이러했다.

[…다 죽었습니다. 놈들은 빨라요. 사람이 아닙니다. 난… 곧 죽어요. 그러니 제발 이곳을…….]

앞뒤 다 잘리고 단순히 이렇게 짧은 메시지를 남겼지만, 그 이면에는 심상치 않은 단서가 숨겨져 있었다.

처음 경찰이 이곳에 도착했을 때엔 곳곳에 피와 살점, 그리고 내장 조각이 아무렇지도 않게 널려 있었다.

그리고 사건의 핵심인 RV의 앞에는 마치 짐승에게 물어뜯긴 것 같은 목덜미가 따로 떨어져 나가 있었다.

처음 경찰들은 이것이 단순히 곰이나 표범에 의해 생긴 상처라고 생각했지만 정밀 분석 결과는 그렇지 않았다.

놀랍게도 정밀 분석 결과, 이것은 다름 아닌 사람이 목을 물어뜯어 생긴 상흔이었던 것이다.

치아의 구조상 이런 구강 구조를 가진 생물은 오로지 인간 뿐이었으며, 그 힘이 일반인의 족히 세 배는 될 것으로 분석

되었다.

경찰은 이 사건이 인육에 미친 정신병자가 벌인 엽기 살인으로 보고 수사망을 다른 곳으로 돌려 버렸다.

하지만 CIA는 달랐다.

그들은 몇날 며칠을 블랙박스의 정밀 분석에 매달렸고, 그곳에서 아주 희미하게 당시의 영상을 확인할 수 있었다.

영상 속에는 사람이 사람을 뜯어먹는 괴기한 장면이 연출되고 있었으며 신체를 물어뜯긴 사람은 다시 다른 사람을 물어뜯는 식인귀로 돌변했다.

약 15초간의 짧은 영상이었지만 RV의 영상은 그것들을 아주 자세히 잡고 있었다.

과연 어떤 이유에서 이 블랙박스가 고장 난 것인지는 알 수 없으나, 이것은 상당히 심각한 일이었다.

CIA 소속 생물학자들의 말에 따르자면 이 사건은 신종 바이러스의 발발로 볼 수 있다고 했다.

또한 구강에서 구강으로 전염되는 것으로 보이는 이 질병은 사람을 지나치게 공격적인 성향으로 만든다고 덧붙였다.

그러니까 한마디로 저들은 사람을 숙주로 삼아 전염병을 옮기는 식인귀가 되었다는 소리였다.

정확한 것은 최초 발병자를 잡아서 조사를 해봐야 알겠지만, 현재로선 사람이 사람을 죽인다는 것만은 확실했다.

미국 정보부는 이에 대한 사실을 철저히 비밀에 붙였고, 감염자들을 잡기 위해 특수 인력까지 파견했다.

하지만 이 특수 인력은 살인귀들이 시골 마을을 습격할 때까지 수사를 완료하지 못했다.

미시간 주 외곽의 한 시골 마을.

이곳에선 지금 차마 눈뜨고 볼 수 없을 정도로 처참한 광경이 벌어지고 있었다.

약 200명가량의 주민이 서로를 물어뜯고 내장을 씹어 먹는 엽기적인 광경이 연출되고 있었다.

우드득, 우드득!

"끼에에에엑!"

"크아아아아아악!"

도무지 사람의 입에서 나올 수 없는 소리가 울려 퍼지고 있었으며 거의 온전한 사람을 찾아볼 수가 없었다.

한마디로 마을은 폐허로 변해 버렸다.

그러나 그중에서도 생존자는 있었으니, 그는 마을의 보안관 제이미 레이너였다.

"제기랄! 도대체 저런 괴물들이 어디서 튀어나온 거야?!"

그는 마을에 하나밖에 없는 경찰서 지하에 숨어 저 괴물들의 난동이 잠잠해지기를 기다리고 있었다.

서로 미쳐 날뛰던 저들도 더 이상 뜯어먹을 살점이 없어지자 조금 조용해졌다.

아마 이대로 며칠만 더 기다리면 밖으로 나갈 수 있을지도
몰랐다.

제이미 레이너는 지하실 창문 틈으로 고개를 쑥 내밀어 바
깥의 풍경을 관찰했다.

"우어어어……."

마치 썩은 시체들이 돌아다니는 것 같은 광경, 그는 인상을
확 찌푸렸다.

'이건 뭐…….'

극심한 악취는 그나마 참을 만했지만 그들이 내지르는 비
명 소리는 도저히 들어줄 수가 없었다.

그러나 끔찍한 죽음을 피하기 위해선 이를 꼭 악물 필요가
있었다.

'반드시 살아야 한다!'

만약 이들이 대도시로 나간다면 사태는 걷잡을 수 없이 번
지고 말 것이다.

그는 불굴의 의지로 이곳을 빠져나가기 위해 숨을 골랐다.

9장

단란한 한때, 그리고…

전쟁의 포화가 지나간 후, 세계는 다시 평화를 되찾았다.

세계 곳곳에선 폐허로 변해 버린 도시를 복구하고 잿더미가 되어버린 밭을 다시 일구기 시작했다.

군사들은 이제 총을 잠시 내려놓고 부대 인근 민가를 돌아다니며 가옥들을 수리했다.

특히나 화수가 있는 평양의 경우엔 불타 버린 가옥을 수리하는 동시에 북쪽으로 건설 자재를 나르느라 정신이 없었다.

한국군은 옛 휴전선에 있는 지뢰를 모두 제거하고 그곳을 청정 지역으로 지정하여 더 이상의 개발이 불가능하도록 만들었다.

하지만 남과 북을 갈라놓은 분단선을 없애고 그동안 끊어졌던 경안선, 금강산선, 동해선을 이었다.

또한 경인선을 비롯한 남한의 모든 철도를 북에서 러시아 동토지대까지 이어 아시아는 물론이고 유럽까지 논스톱으로 교역할 수 있도록 했다.

현재 화수가 운영 중인 물류철도는 조금 더 세분화되어 운영될 예정이다. 이제 이것에 대한 권한 대부분을 국가가 가져가기로 했다.

대신 이곳에 지분을 투자한 기업에 대해선 재세 혜택이나 무료 철도 이용권을 분양하여 반발을 막았다.

화수는 자신이 벌어들인 천문학적인 금액을 사회로 환원하기로 했다. 이수그룹은 화수재단을 발족시켜 난민들에게 집을 보급했다.

한반도 북쪽 지역을 시작으로 만주 일대와 러시아 동토지대까지 아주 넓은 지역에 집을 지어 싼값에 지급해 주었다.

원자재값만 고려해서 지은 집은 이수재단이 임금을 지불하여 난민들에게 나누어주고 10년 무이자 장기 대출로 집값을 받기로 했다.

이 많은 자금을 운영할 수 있는 것은 현재 전 세계에서 화수에게 지불하는 로열티 덕분이었다.

화수는 전 세계에 걸쳐 운영되고 있는 한국군의 무기와 군선, 항공기에 대한 지분을 가지고 있었다.

그들이 운용되는 데 대한 일정한 금액을 화수에게 지불하고 있었던 것이다.

마도학 장비들의 경우엔 그 값을 도저히 돈으로 환산할 수 없어서 화수에게 지분을 나누어 주었다.

덕분에 화수는 가만히 앉아 있어도 알아서 수조 원이 굴러들어 오는 기업의 총수가 되었다.

그는 이 엄청난 금액을 사회복지에 쏟아부어서 세계를 조금 더 살 만한 곳으로 바꾸어 갔다.

평양 난민 거주 지역 건설 제2지구.

화수는 병사들과 인부들에게 나누어줄 간식 차량을 대동하고 현장을 찾았다.

"충성! 근무 중 이상 무!"

"그래요. 쉬세요."

현장을 총괄하고 있는 연성중 소장은 화수에게 거수경례를 올렸고, 병사들 역시 부동자세를 취했다가 화수의 지시에 의해 손을 내렸다.

그는 병사들과 인부들이 먹을 수 있도록 떡볶이와 어묵 바를 준비했다.

"드실 만큼 맘껏 드십시오. 음식은 많습니다."

"감사합니다!"

병사들은 화끈하고 통이 큰 국방부장관에게 박수를 보냈다.

"와아아아아아!"

"장관님, 최고입니다!"

현재 한국군에서 화수의 영향력은 거의 절대적이었다.

한국군이 별다른 피해 없이 전쟁을 끝내고 이 광활한 영토를 확보할 수 있던 것은 모두 화수 덕분이기 때문이다.

또한 그의 절대적인 무력과 동시에 자선을 위해 돈을 아끼지 않는 청렴한 이미지가 맞물려 새롭게 장악한 지역에서도 엄청난 인기를 구가했다.

거의 무료나 다름없는 주택 보급은 난민을 구제하는 동시에 그들의 일자리 창출에 지대한 공을 세웠다.

거기다 현재 북한 지역과 중국 만주, 러시아 동토지대에서 진행되고 있는 지하자원 채굴로 인한 이윤 창출로 인해 경제는 점점 살아나고 있었다.

거기에 대한 일자리 창출 또한 수없이 많으니 난민들은 화수를 반기지 않을 수가 없었다.

이제 사람들은 이수그룹을 국선그룹처럼 여겼으며, 대통령보다 화수의 인기가 더 높을 정도였다.

정치가들은 그를 끌어들이기 위해 안간힘을 쓰고 있었지만 유엔의 개입으로 쉽지가 않았다.

유엔은 세계 평화를 위해 그가 연합군의 수장이자 유엔의 수장이 되어야 한다고 주장했다.

세계 대통령에 화수를 앉히겠다는 것이 연합군의 생각이었는데, 이로 인하여 한국과 유엔의 의견 차이가 생기고 있었다.

하지만 이것은 일부 정치의 암투이기 때문에 큰 문제는 되지 않을 터였다.

병사들에게 밥차를 선물한 화수는 이제 일본으로 향했다.

*   *   *

일본은 독재자의 반정으로 인해 열도 전체가 피와 눈물로 얼룩지고 말았다.

이것을 모두 청산할 수 있는 것은 오로지 새롭게 나라를 정비하고 난민을 살리는 것뿐이었다.

화수는 열도 전체에 식량을 보급하고 당장 민생을 구제할 수 있는 방안을 착안해 냈다.

그것은 바로 어민들에게 무이자 할부로 어선과 그물을 보급하고 농부들에게 농기구를 제공하는 것이었다.

일본 정부는 전범국가로 분류되어 한국에게 영토를 빼앗기고 간신히 그 명맥을 유지하게 되었다.

또한 거의 대부분의 기반시설이 무너져 내려 경제 규모가 거의 60년대 수준까지 떨어져 내렸다.

이전에 일본이 가지고 있던 경제대국이라는 타이틀은 이제 역사 속으로 자취를 감추고 말았다.

2차 세계대전 당시 일본이 겪은 고난은 현재의 고난에 비하면 그나마 나은 편이었다.

1억에 달하던 인구는 3분의 1로 줄어서 이 거대한 땅덩어리에 남은 사람은 고작 3천만 명뿐이었다.

이에 한국 정부는 일본 정부가 스스로 회생할 때까지 일부 지원을 아끼지 않기로 했다.

동아시아와 유라시아 대부분의 해양을 소유한 한국은 일본의 어민들에게 국경을 넘어서 조업이 가능하도록 임시 허가를 내렸다.

이것은 일본 어민들의 생존을 위해 내린 어쩔 수 없는 선택이었지만, 오히려 어시장의 규모를 키우는 순기능을 만들어냈다.

이제는 남해로 귀속된 동중국해와 동해에 귀속된 러시아 동토지대 해안, 서해안으로 귀속된 보하이 해 등이 하나로 엮이면서 엄청난 규모의 어시장을 형성하게 되었다.

이것을 중국의 소수민족과 일본, 대만이 국경 없이 넘나들면서 방대한 시장을 형성하게 된 것이다.

물론 1인당 조업할 수 있는 영역이 지정되어 있기 때문에 전 아시아를 돌아다닐 수 있는 것은 아니었다.

하지만 분기에 한 번씩 이동 신고를 하면 아시아 어느 지역에서라도 조업을 할 수 있었다.

이것은 특종 어종에 대한 전문 인력을 형성하였고, 비수기와 성수기가 없는 어업의 황금기를 가져왔다.

치어 방생의 의무와 1년생 이하 어종의 포획 금지, 산란 어종의 포획 금지 등 몇 가지 조건이 붙긴 했지만 어부들은 조업을 할 수 있다는 것만으로도 행복해했다.

화수는 혹시나 다시 창궐할 수 있는 해적을 단속하기 위해 오키나와 전진기지에 해상 전력 5만을 상비시키기로 했다.

직접 오키나와까지 백야함을 타고 날아온 화수는 거친 바다와 싸우고 있는 병사들을 독려하기로 했다.

그 일환으로 미국 최고의 아이돌과 한국 최고의 아이돌을 데리고 이곳을 찾았다.

출연 가수들만 무려 50팀에 달하는 초대형 콘서트가 오키나와 전진기지에서 펼쳐졌다.

빰바바바밤!

화려한 조명 아래에서 춤추고 있는 가수들을 향해 한국군 장병들은 환호성을 내질렀다.

"와아아아아아아!"

"세이린, 세이린!"

요즘 미국에서 가장 인기 있다는 아이돌 가수 세이린은 소속사 사장 마이클의 사비로 이곳까지 날아왔다.

그리고 그 사비를 충당하게 된 마이클은 오히려 미소를 짓고 있었다.

"어때요? 괜찮은 물건이지요?"

"그렇군요."

마이클은 자신의 곁에 선 화수를 바라보며 물었다.

"부탁이 있는데, 들어주실 수 있겠습니까?"

"어쩐지, 갑자기 무료로 이런 일을 해준다고 했을 때부터 좀 이상했습니다."

"하하, 그런 섭섭한 말씀을. 저는 그냥 아시아의 평화를 지키는 한국군에게 도움이 되고 싶었을 뿐입니다."

화수는 그의 말을 미연에 잘라 버렸다.

"됐습니다. 그나저나 부탁이라는 것이 뭡니까?"

"우리 가수들을 각국의 함대로 보내주십시오."

"위문 공연 전속 소속사가 되고 싶다는 뜻입니까?"

"그렇습니다."

현재 마이클은 미국은 물론이고 한국 초대형 소속사와 엮여 있다.

지금 그의 역량이라면 당연히 한국군 위문 공연을 담당할 수 있을 것이다.

아마도 그는 화수에게 이 부탁을 하려 미국에서 이 먼 오키나와까지 온 모양이다.

"거참, 그런 이유 때문에 오지를 찾은 겁니까?"

"좋은 것이 좋은 것이니까요."

화수는 고개를 끄덕였다.

"알겠습니다. 하지만 페이에 대한 것은 저도 장담을 못합니다. 돈에 관한 것은 제 소관이 아니어서요."

"물론이죠. 돈은 돈을 만지는 사람끼리. 잘 아시잖습니까?"

"후후, 못 말리겠습니다."

두 사람은 계속해서 자신들이 준비한 위문 공연을 관람했다.

*   *   *

한반도 DMZ로 불리던 비무장지대는 이제 개발이 전면 중단되었지만, 이곳을 지나는 철도만은 제 구실을 하고 있었다.

때문에 이곳은 열차로 그 경관을 관람할 수 있었는데, 그

풍경이 가히 장관이었다.

무려 60년이 넘는 세월 동안 사람의 발길이 닿지 않던 이곳은 강원도 북부, 경기도 북부, 황해도 남부를 지난다.

그 천 리에 걸쳐 희귀 동식물들이 자생하여 한국 특유의 밀림을 조성한 것이다.

구 DMZ 지역을 두고 통일선이라고 명명했고 이곳을 왕복하고 한국의 팔도 관광지만을 돌아다니는 기찻길이 열렸다.

강원도, 경기도, 함경도, 경기도, 전라도, 충청도, 경상도, 황해도, 평안도의 각 명승지만을 골라 다니는 이 철도는 내국인은 물론이고 외국인들에게 최고의 인기를 구가하고 있었다.

화수는 전쟁 이후 처음으로 휴가를 받아 통일선을 여행하고 있었다.

철컹철컹!

통일선을 오가는 철로는 화수가 고안해 낸 철로작업기를 이용해 깔았는데, 완성 기간은 고작 한 달이었다.

그리고 기차는 한국에서 사용하던 무궁화호와 비둘기호를 개조하여 적당한 속도를 유지하도록 했다.

화수는 곁에 앉은 세라와 함께 창문 밖의 풍경을 감상했다.

"좋다. 한국에도 이런 곳이 있다니 말이야."

"이제 이런 곳을 꽤 많이 볼 수 있을 거야. 북쪽에는 이곳보다 더 좋은 곳이 많거든."

통일선이 지나는 곳이 수려하긴 하지만 북쪽의 명승지 또한 사람의 눈을 황홀하게 만들기에 충분했다.

화수는 그 많은 명승지를 그녀와 함께 모두 구경하는 것이 1차 목표였다.

그 이후에는 기차를 타고 동아시아와 유라시아, 더 나아가선 세계여행을 하는 것이 최종 목표이다.

3차 세계대전이 일어난 후 가장 크게 변한 것이 있다면 바로 전 세계 오대양육대주가 모두 기찻길로 연결되었다는 것이다.

전범 국가들은 이제 거의 주권을 잃어버렸으며, 무너진 경제를 복구하기 위해 안간힘을 쓰고 있었다.

그것을 완화하기 위한 방책이 바로 글로벌 철도의 운영이었다.

덕분에 물류비용이 비약적으로 감소하였으며 관광 수익의 극대화를 꾀할 수 있게 되었다.

이제는 굳이 비싼 돈을 주고 비행기를 타거나 배를 타고 여행을 즐기지 않아도 전 세계를 모두 다 돌아다닐 수 있게 된 것이다.

화수는 4박 5일의 휴가 동안 통일선을 지나 동해 북부를 여행하게 되었다.

그들은 한반도 중앙 지역을 지나는 태백산맥을 타고 중강진, 하얼빈을 지나 러시아 동토지대까지 이르게 될 것이다.

이 길고 긴 여정 속에 두 사람은 기차에서 즐길 수 있는 모든 것을 즐길 예정이다.

금강산도 식후경이라고, 기차 여행에서 가장 중요한 것이 바로 식도락이다.

한국철도공사는 화수가 개조한 기차에 객실을 설치하고 그 객실의 승객들이 이용할 수 있는 식당을 만들었다.

그리고 그곳에서 생산한 도시락과 음료수 등을 들고 다니면서 판매하기로 했다.

"계란, 호두과자, 반건조 오징어 있어요."

낮고 굵직한 음성이 열차 안에 울려 퍼진다.

"아저씨, 여기 계란 한 줄하고 사이다 두 개요."

"네, 4,000원입니다."

"여기 있습니다."

"감사합니다."

화수가 어린 시절에는 이렇게 기차 안을 돌아다니면서 간식을 파는 카트가 종종 보였다.

아이들은 부모님에게 간식을 사달라며 조르기 일쑤였고, 오랜 설득 끝에 먹는 계란과 사이다의 조합이란 가히 환상적이었다.

얼마 전에는 그 풍경이 거의 사라졌지만 이제 관광열차가 생겨나면서 다시 부활하게 되었다.

화수는 삶은 계란을 자신의 머리를 이용해 껍질을 벗겼다.

따악!

"쓰읍. 조금 아프군."

"쿡쿡, 너무 푹 익었나 봐."

"그런가?"

뭐니 뭐니 해도 삶은 계란은 역시 이렇게 머리를 이용해 까 먹어야 제 맛이다.

화수는 껍질을 벗긴 삶은 계란에 소금을 살짝 찍어 먹은 후 곧바로 사이다를 한 모금 마셨다.

"끅, 맛있네."

"그러게 말이야."

사이다는 삶은 계란의 퍽퍽함을 중화시켜 주고 자칫 잘못 하면 소화가 안 되어 체할 수 있는 사태를 미연에 방지한다.

아주 자연스럽게 사람들의 뇌리에 깊게 박힌 이 조합은 상 호간의 단점을 완벽하게 보완해 주었다.

*　　　　*　　　　*

통일선은 환승을 원하는 승객들을 위해 교차 지점을 지날 때 약 30분가량 대기했다.

이때엔 휴게소에 들러 그 지방만의 특별한 간식을 맛볼 수 있었다.

화수를 태운 열차는 함흥에서 서쪽 통일선으로 환승하는 길목인 함흥역 인근 성천강 간이역에 멈추어 섰다.

두 사람은 즉시 역사에 내려 이 지방 특산물인 냉면과 꿩만두를 맛보기로 했다.

세라는 지갑 하나만 들고 황급히 기차에서 내렸다.

"화수야, 어서!"

"알겠어. 천천히 가자."

"천천히는 무슨, 잘못하면 냉면을 못 먹는다고!"

"냉면은 열차에서도 파는데?"

"에이, 그건 함흥냉면을 모욕하는 말이야. 오리지널 함흥냉면에 꿩고기까지 먹는 일이 어디 그리 쉬운 일 같아?"

"으음, 그런가?"

이제 통일이 되다 못해 유라시아의 대부분이 한국의 영토가 되었지만, 이곳을 다시 여행한다는 것은 결코 쉬운 일이 아니었다.

때문에 그녀는 기어코 이곳에서 함흥냉면과 꿩고기를 먹으려는 것이다.

감자 전분으로 면을 뽑고 그 위에 생선회를 얹어 매콤한 양념과 함께 비빈 것이 바로 오리지널 함흥냉면이다.

흔히 남한에서 비빔냉면, 혹은 회냉면이라고 부르는 것이 바로 이 함흥식 냉면이다.

여기에 감자 만두피 속을 야채와 꿩고기로 채운 꿩만두를 곁들이면 가히 환상적인 식감과 풍미를 자아낸다.

화수와 세라는 성천강 간이역 간식 코너에 들러 함흥냉면 두 그릇과 꿩만두 두 판을 주문했다.

"냉면 두 그릇과 만두 한 판은 먹고 갈 거고 나머지 한 판은 포장이요."

"네, 알겠습니다!"

이런 간이역에 들르면 간식거리를 한 판 사는 것은 기본, 세라는 그것을 잊지 않고 있었다.

약 10분 후, 맛깔나게 만들어진 함흥냉면이 두 사람의 앞에 놓였다.

"드시고 그릇은 그냥 두고 가시면 됩니다."

"네, 감사합니다."

그녀는 매콤한 냉면을 비벼 꿩만두와 함께 먹었다.

후루루루룩!

"으, 으음!"

"이야, 이것 참 기가 막히는구나!"

"그렇지? 이걸 안 먹었으면 큰일 날 뻔했지?"

"그러게 말이야."

금강산도 식후경이라는 말은 괜히 있는 소리가 아닌 모양이다.

아무리 명승지가 좋아도 그곳의 음식을 즐기지 못하면 관광은 절반밖에 못하는 셈, 화수는 그것을 이제야 깨달았다.

두 사람은 기차가 떠나기 전에 재빨리 음식을 먹어치우곤 포장된 음식을 챙겨서 기차로 향했다.

"어서 뛰어! 잘못하면 기차 놓쳐!"

"헉헉, 먹은 후에 갑자기 뛰려니 힘드네!"

간이역의 간식이 발달한 예로 대전역의 가락국수를 들 수 있었다.

당시의 환승 시간은 약 15분가량.

그 안에 간단히 끼니를 때우기 위해 많은 사람이 그곳을 이용했다.

한국의 중심부이던 대전에서 호남선, 경인선 등으로 환승하기 위해선 15분가량이 필요했고, 그 틈에 승객들은 가락국수로 끼니를 해결했다.

그 가락국수 국물에 간단히 먹을 수 있는 것이 바로 충무김밥이었고, 그것은 대전의 명물이 되었다.

비록 통영지방에서 올라온 충무김밥이지만 가락국수와의

조합을 인정받은 것이다.

그때의 풍경도 딱 이러했을 테니 유행은 돌도 돈다는 것이 틀린 말은 아니었다.

두 사람은 간신히 기차에 올랐고, 행복한 얼굴로 여행을 계속했다.

*   *   *

전쟁의 포화가 지나고 난 후 평화를 찾은 미국은 성대한 승전 파티를 열었다.

숭고한 희생정신을 기리고 그들을 추모하는 행사를 두 달 넘게 진행한 후 열린 행사였다.

유가족들은 아직까지 슬픔을 이길 도리가 없었지만 승전은 분명히 세계 평화를 되찾은 아주 뜻 깊은 일이었다.

때문에 미군은 아직까지 나라가 어수선한 상태지만 파티를 열었다.

피융, 펑!

미시간 주 트래버스 시티, 이곳에서는 미 해군으로 참전해 희생한 군인을 기리는 탑을 쌓고 폭죽 파티를 열었다.

오늘 행사에 참여하는 인원은 모두 3만 명으로 추산되었다.

가족과 친구, 연인들이 삼삼오오 파티를 즐기며 추억을 쌓는 동안, 미군은 여전히 경계 태세를 갖추고 있었다.

트래버스 시티 연안의 경계를 맡은 미 육군 32사단 보병들은 화수의 최첨단 쌍안경으로 주변을 살피고 있었다.

3인 1개 조로 편성된 병사들은 각 구역을 순찰하며 수시로 무전을 주고받았다.

"여기는 알파1, 알파2 등장 바람."

―알파2 송신.

"2구역에 이상 없나?"

―아주 깔끔하다. 그쪽은 어떠한가?

"이곳도 이상 없다."

―그나저나 몸이 근질거려서 참을 수가 없군.

알파2팀 분대장 알퍼슨은 1팀 분대장 다니엘에게 오늘도 어김없이 푸념을 늘어놓았다.

다니엘은 웃는 얼굴로 무전을 받았다.

"후후, 조금만 참아. 대대장님께서 곧 휴가 보내주신다고 했잖아."

―쳇, 그래 봐야 축제는 다 끝나고 기회가 없을 텐데?

"그래도 여전히 군인들의 인기는 좋아. 자네가 마음만 먹으면 축제 현장이 아니라 동네 클럽에서도 여자를 건질 수 있을 거야."

─그런가?

"물론이지."

알퍼슨의 가장 큰 장점이자 단점은 너무나도 단순하다는 점이다.

다른 직업은 몰라도 단순함은 군인에게 있어서 상당한 장점으로 작용했다.

명령을 받으면 그에 대한 생각으로 가득 차야 하고, 군인의 본분에 맞게 계속 정진하는 것이야말로 참군인의 자질이었다.

그런 면에서 알퍼슨은 타고난 진짜 군인 체질 사나이였다.

알퍼슨과 함께 무료함을 달래던 그는 이내 부하로부터 무전을 받았다.

─대장, 전방에 거수자 등장입니다.

"거수자?"

─아무리 손을 들라고 윽박질러도 도무지 반응이 없습니다.

"그래서 쐈나?"

─아직은 별다른 행동을 보이지 않아서 그냥 대치 중입니다. 어떻게 할까요?

"뭘 어떻게 해, 말로 해서 안 되면 욕을 하고 그래도 안 되면 위협사격을 해야지."

지금은 전쟁이 막 끝난 상태로 경보 단계 2단계에 해당했다.

아직 완전하게 평화가 도래했다고 판단되기 힘든 상황이기 때문에 거수자는 초병의 권한으로 사살해도 무방했다.

초병에 저항하는 사람은 지휘 고하를 막론하고 사살하는 것이 군법상 타당했다.

그러나 지금까지 수많은 살인을 해온 그들인지라 일반인을 죽이는 것이 썩 내키지는 않을 것이다.

ㅡ알겠습니다. 그럼 위협사격이나 좀 해서 돌려보내겠습니다.

"그래, 알겠다."

이윽고 부하들은 무전을 켜놓은 채 위협사격을 가했다.

타앙!

그리 멀지 않은 곳에서 울린 총성은 알파1, 2팀 모두에게 전해졌다.

ㅡ뭐야? 무슨 일이야?

"거수자가 나타나서 위협사격을 가했다. 걱정할 필요 없어."

ㅡ그래?

한 발의 총성 이후엔 별다른 소리가 들리지 않았다.

아무래도 겁을 먹은 거수자들이 삼십육계 줄행랑을 친 것으로 보였다.

　ㅡ자식들, 쫄은 모양인데?

　"그러게 말이야."

　대충 상황은 정리된 듯하니 그는 슬슬 부하들과 함께 기지로 돌아가려 발길을 돌렸다.

　"일 끝냈으면 돌아가자고. 이제 슬슬 배고파지려 해."

　ㅡ……

　"제이슨?"

　부분대장 제이슨은 그의 대답에 전혀 반응을 하지 않았다. 그는 고개를 갸웃거렸다.

　"뭐야? 도대체 무슨……"

　바로 그때였다.

　ㅡ끼에에에에엑!

　"으윽, 이런 미친……?!"

　마치 귀를 갈고리로 긁어내는 듯한 소음이 그의 고막을 강타했다. 그리고 그 후엔 뭔가 물렁물렁한 물체가 터지는 소리가 들렸다.

　ㅡ촤라라락! 빠아악!

　"뭐, 뭐지?"

　이윽고 그는 자신의 귀를 의심하는 소리를 들었다.

　ㅡ쩝쩝쩝, 우드득!

"이건……."

누군가 뼈째로 고기를 씹어 먹는 것 같은 끔찍한 소리가 들렸고, 그는 곧장 다른 분대원들을 소집했다.

"여기는 알파1, 타이가, 벨라루시, 응답 바람."

—타이가 송신.

—벨라루시 송신.

"현재 스티칸 3인과 연락이 닿지 않는다. 혹시 지근거리에 있는 팀이 있나?"

—여기는 타이가. 우리가 바로 지근거리에 있다.

"그렇다면 지금 당장 그곳에 무슨 일이 있는지 알아보도록."

—입감.

무전명 타이가 팀 3인은 사라진 스티칸 팀을 찾기 위해 이동했다.

그리고 잠시 후, 타이가 팀에게서 무전이 날아들었다.

—치지지직.

"타이가?"

—끼에에에에에엑!

순간, 그는 무전기 너머로 들리는 소리를 똑똑히 기억해 냈다.

"젠장! 브라보1, 전 분대원을 이끌고 지원할 수 있도록 요청하는 바이다!"

　─알겠다. 지금 간다.

　알파와 브라보 분대원 18명은 모두 한 지점을 향해 달려갔다.

　잠시 후, 현장에 도착한 그들은 차마 입에 담기도 힘들 정도로 처참한 광경과 마주했다.

　"이, 이건……."

　"우, 우웨에에엑!"

　전신이 모두 물려 뜯겨 형체를 알아볼 수 없을 정도로 훼손된 분대원들이 주변에 아무렇지 않게 늘어져 있었다.

　그리고 그 인근 3미터는 모두 피와 살점으로 점철되어 진한 피 냄새가 진동했다.

　다니엘과 알퍼슨은 이 사태가 예삿일이 아니라는 것을 직감적으로 깨달았다.

　"젠장, 어서 상부에 보고하자."

　"그래, 일단……."

　바로 그때였다.

　"끼에에에에엑!"

　"제, 제이슨?!"

　사라졌던 부분대장 제이슨이 나타나 다니엘의 목덜미를 물어뜯었다.

푸하아아악!

"끄아아아악!"

살점이 뜯겨 나간 것은 물론이고 뼈까지 모두 으스러져 형체를 알아볼 수 없을 정도로 함몰되었다.

알퍼슨은 바닥에 쓰러진 다니엘을 부축했다.

"이런 제기랄! 저 새끼, 왜 저래?"

"쿨럭쿨럭!"

연신 피를 토해내는 다니엘. 목덜미만 지혈하면 될 것으로 생각하던 알퍼슨은 자신의 생각이 틀렸다는 것을 곧 깨달았다.

"끼엑, 끼엑?!"

"다, 다니엘?"

"끼에에에에엑!"

"이런 빌어먹을!"

그는 자신을 향해 달려드는 다니엘의 허벅지를 총으로 갈겨 버렸다.

타앙!

"끼엑!"

허벅지에 총을 맞은 다니엘은 계속해서 그를 향해 달려들었다.

"제기랄!"

아무리 전우라고 해도 자신을 죽이기 위해 달려드는 사람을 살려둘 수는 없었다.

　탕!

　"끼엑……."

　그는 다니엘의 안면에 총알을 박아 넣었고, 이내 다니엘의 몸이 조용히 허물어져 내렸다.

　"이런 개 같은 경우가 다 있나?!"

　"분대장님! 이젠 어쩝니까?!"

　"어쩌긴, 무전병은 어서 본부에 연락을 넣고 나머지는 나를 따라서 후방 소초로 이동한다!"

　"예, 알겠습니다."

　알퍼슨이 이끄는 소대원들은 상부에 보고하는 동시에 후방 소초로 걸음을 옮겼다.

　　　　　＊　　　＊　　　＊

　뉴욕 허드슨 강 유역.

　이곳에서도 승전을 축하하는 파티가 열리고 있었다.

　초대형 유람선을 가득 채운 사람들은 미군의 승전을 자축하기 위해 일부러 허드슨 강을 찾았다.

　하지만 그들의 로맨틱하고 단란한 밤은 결코 허락되지 않았다.

"끼에에에엑!"

"사, 사람 살려!"

"꺄아아아악!"

사람이 사람을 잡아먹는 아비규환의 현장.

승객들은 너 나 할 것 없이 정체불명의 괴물을 피해 도망 다니기 바빴다.

하지만 그들의 전력은 일반인을 압도하기에 충분했고, 결국엔 1,500명 정원의 유람선이 모두 반 불구 상태의 괴물로 변해 버렸다.

유람선의 선장은 물론이고 선원들까지 죄다 변해 버린 마당에 배를 통제할 수 있는 사람은 없었다.

때문에 배가 엉뚱한 방향으로 흘러가도 막을 수 있는 사람이 없었다.

배는 허드슨 강 공원을 향해 그대로 돌격했다.

끼기기기기기긱!

"뭐, 뭐야?!"

"어서 피해!"

"꺄아아악!"

인근에서 자축 파티를 즐기고 있던 주민들은 혼비백산에서 도망갔고, 결국 배는 콘크리트에 바닥에 닿으면서 멈추어

섰다.

그리고 잠시 후, 정신이 나간 식인귀들은 또 다른 먹잇감을 찾아 배에서 뛰어내리기 시작했다.

"끼에에에엑!"

퍼억!

처음엔 한 마리가 떨어져 내려 바닥에 납작 달라붙어 죽더니 이내 한 마리씩 그 시신을 밟고 섰다.

"끼엑?"

스스로 설 수 있게 된 그들은 아주 빠른 속도로 허드슨 강 유역의 시민들을 무차별적으로 물어뜯기 시작했다.

"캬아아악!"

우드드득!

"쿨럭!"

단 한 번 물리는 것만으로도 식인귀로 변해 버리는 무시무시한 전염성은 순식간에 허드슨 강을 골육상잔의 전당으로 바꾸어 버렸다.

피가 튀고 살점이 날아다니는 그곳은 이미 혈옥이나 다름없었다.

*   *   *

미군 내부 국방부장관 집무실.

미군 총수인 국방부장관 로버트 알레만시아는 뉴욕에서 일어난 사태를 진정시키기 위해 뉴욕 주에 계엄령을 선포했다.

그리고 폭동을 일으킨 주범들을 처치하기 위해 특수부대 및 육군 병력을 급파했다.

하지만 사태는 나아지기는커녕 점점 더 번져 주변 도시까지 점령해 나가고 있었다.

로버트 알레만시아는 도대체 이게 어떻게 된 일인가 싶었다.

"빌어먹을, 뭐가 어떻게 돌아가고 있는 거야?"

정확하게 알아볼 길도 없는 터라 그는 도무지 정신을 차릴 수가 없었다.

바로 그때, 그의 부관들이 혼비백산해서 집무실 안으로 뛰어들어왔다.

쾅!

"장관님! 큰일입니다!"

"무슨 일인가?"

"워싱턴 DC의 1차 경계선이 붕괴되었다고 합니다!"

"뭐라?!"

"지금 황급히 저지선을 펼치고 있습니다만, 폭동이 멈출 것 같지가 않습니다!"

"젠장! 도대체 뭘 처먹은 거야?! 뭘 처먹었기에 총을 맞고도 멀쩡히 뛰어다닌단 말인가?!"

이젠 그가 이 사태를 총괄해야 하는 상황. 하지만 그는 정신을 차릴 수 없었다.

그러나 행운의 여신은 그에게 정신을 차릴 여유를 주기 싫은 모양이었다.

"장관님! 백악관에서 연락이 왔습니다!"

"뭐라고 하는가?"

"…사, 사망하셨습니다!"

"뭐라고?"

"대통령 각하께서 사망하셨습니다. 국무총리는 물론이고 워싱턴 DC에 머물고 있던 고위급 관료들이 모두 괴물들에 의해 뜯어 먹혔다고 합니다."

"그, 그런 미친 소리가 어디 있나?! 겨우 폭도들이 그런 말도 안 되는 일을……."

"하지만 사실입니다! 어서 조치를 취해주시지요!"

"일단 한국군에게 연락하고 구원을 요청해라! 시간이 없어!"

"알겠습니다!"

지금 그가 기댈 곳이라곤 한국군의 핵심인 화수밖에 없

었다.

하지만 지옥에서 살아난 것 같은 저들을 화수가 상대할 수 있을지는 미지수였다.

『현대 마도학자』 12권에 계속…

외전

황제의 이야기

나르서스 제국의 수도 루티아니아의 황궁.

이곳은 황제가 일가를 이루며 제국을 돌보는 곳이다.

이곳에서 태어난 이를 두고 사람들은 입에 금 수저를 물고 태어났다고 하며, 그들을 두고 하늘의 자식이라고 불렀다.

그중에서도 황태자 레비로스의 생활은 호화롭고 화려하기 그지없었다.

하지만 그의 피에는 정복자의 뜨거운 기운이 흘러넘치고 있었다.

"…무료하군."

글을 배울 때마다 레비로스가 습관처럼 내뱉던 말이다.

루티아니아에서 그의 관심을 끌 수 있는 것은 오로지 검술과 마법뿐이었다.

남자다움을 강요받는 여타 황족들과는 달리 그는 예술이나 문학 쪽의 공부를 하도록 강요받았다.

황제는 언제까지나 국가를 무로 다스릴 수 없으며 문무가 함께 치세해야 태평성대가 온다고 믿었다.

그러나 레비로스의 생각은 달랐다.

레비로스는 그 어떤 누구도 넘볼 수 없는 절대적인 무위만이 군주 제일의 덕목이라고 생각했다.

때문에 그는 제왕학이나 군주론보다 검술과 체술을 먼저 익혔다.

명석한 두뇌와 깊은 이해력을 가진 레비로스였지만 머리보단 육신을 갈고닦는 데 조금 더 큰 비중을 두고 있던 것이다.

12세가 된 레비로스는 기사들과 함께 수련하며 무예를 갈고닦았으며, 10대 중반이 넘어서면서부터는 각 장군에게 검을 사사했다.

그가 구사하는 대검술은 어지간한 장수들도 감당하기 힘들 정도로 고강했으며, 특유의 강철 체력에서 뿜어져 나오는 힘은 기사들의 혀를 내두르게 만들 정도였다.

나르서스 제국의 검술은 방패를 상당히 중요하게 여기는데, 이것은 병사들의 생존을 위한 일이기도 했다.

창술 역시 방패를 기본으로 두기 때문에 그 어떤 무인도 방패술을 연마하는 것을 등한시하지 않았다.

하지만 레비로스는 무려 2미터에 달하는 대검을 휘두르는 사람이기 때문에 방패를 들 수 있는 여건이 되지 않았다.

또한 40㎏이 넘는 이 무식한 대검을 휴대하자면 활이나 방패는 장비할 수가 없었다.

덕분에 그는 덩치가 좋은 전투마가 아니면 도저히 전투를 벌일 수 없는 극단적인 승마를 배웠다.

이렇게 다소 둔하고 불편할 것 같은 레비로스의 검술이지만, 그는 희한하게도 방어에서만큼은 그 누구에게도 뒤지지 않았다.

미스릴과 오리하르콘으로 만든 레비로스의 검은 그 단단함이 그 어떤 방패보다 고강했으며, 검의 중앙에는 엔트의 껍질이 덧대어져 있었다.

때문에 그는 검을 방패처럼 쓰면서 전투에서의 우위를 점할 수 있었다.

이런 그의 검술은 가히 완벽에 가깝다는 평가를 받고 있었는데, 이는 어쩌면 당연한 결과인지도 모른다.

전 세계의 모든 명인에게 검을 사사한 그에게 각 검술의 장

단점은 자연스럽게 파악될 수밖에 없었다.

때문에 그는 명석한 두뇌로 그것들을 하나로 통합하여 자신만의 검술을 만들어낼 수 있었다.

한마디로 그는 황족의 특권과 명석한 두뇌를 이용하여 고강한 경지에 이른 것이다.

그러나 그의 이런 검술을 단 한 방에 무너뜨린 이가 있었으니, 그는 바로 오랜 친구 카미엘이었다.

카미엘은 어려서부터 마법에 대한 천부적인 재능을 보였고, 궁중마법학교를 수석으로 입학했다.

그 명석한 두뇌는 현자들도 혀를 내두를 정도였고, 마법에 대한 성취는 실로 대단했다.

하지만 카미엘은 마법사들 사이에서 자라나다 보니 조금 유약한 면이 있었다.

검술과는 아예 거리가 멀어 보였으며, 10대 초반까지는 온몸이 뼈밖에 남아 있지 않은 약골이었다.

그런 그가 열다섯 살이 되던 해에 레비로스를 검술로 눌러 버린 것이다.

황족만이 사용할 수 있다는 연무장.

이곳에 레비로스와 카미엘이 마주 섰다.

레비로스는 자신을 이길 수 있다며 도전장을 내민 카미엘을 바라보며 연신 실소를 흘렸다.

"후후, 정말 괜찮겠어? 잘못하면 불구가 될 수도 있다고."

"그건 네가 걱정해야 할 문제지 내가 걱정해야 할 문제는 아닌 것 같은데?"

귀족의 피를 타고 태어나긴 했지만 카미엘은 산골 오두막에서 유년 시절을 보냈다.

그 이후엔 마법사들 틈바구니에서 매일 학문만 팠으니 당연히 레비로스는 그를 약골이라고 생각하고 있었다.

그런데 그런 그가 다짜고짜 검술로 대련을 하자니 레비로스는 기가 막혀서 말도 제대로 나오지 않았다.

제아무리 카미엘과 마음이 잘 맞는 레비로스라곤 해도 무에 있어선 절대 봐줄 수가 없었다.

때문에 오늘은 그에게 매운맛을 보여줄 생각이다.

스릉, 스릉.

레비로스는 강철 가더에 대검 끝을 갈아 날을 세웠다.

아마도 이 검에 스치면 제아무리 두꺼운 가죽이라고 해도 피를 볼 수밖에 없을 것이다.

이윽고 레비로스는 육중한 검을 어깨에 툭 걸쳐 멨다.

"웃차!"

185㎝의 거대한 체구에서 우러나오는 레비로스의 카리스마는 연무장을 가득 채울 정도로 저돌적이었다.

하지만 카미엘은 그 카리스마에 위축되지 않고 오히려 좌우로 몸을 흔들며 관절을 풀었다.

뚜둑!

"으음, 좋군."

그리곤 옆구리에서 은색 레이피어를 꺼내 들었다.

챙!

"레이피어?"

레이피어는 상대방의 급소를 찔러 사망시키기 위해 만들어진 검으로, 대검과 싸울 때엔 방어가 불가능했다.

육중한 철갑의 무게를 견딜 수 없기 때문에 기사들은 어지간해선 레이피어를 사용하지 않았다.

주로 정보원이나 여기사들이 레이피어를 사용하는데, 그 굵기가 마치 바늘처럼 얇았다.

지금 카미엘이 뽑아 든 레이피어는 그것들보다는 조금 굵고 길이가 상당히 길었다.

아마도 검의 긴 리치를 이용해서 적을 견제하고 얇은 검신을 이용해 한 방에 갑옷을 꿰뚫어 버릴 생각인 듯했다.

"후후, 카미엘, 검이 어중간하지 않아? 아무리 그래도 레이피어인데 굵기가 조금 어정쩡한 것 같은데?"

"뚜껑은 열어봐야 아는 법이지. 덤벼."

카미엘은 자세를 낮추어 금방이라도 튀어나갈 것 같은 도약 자세를 취하였다.

이것은 일격에 적을 베어버리겠다는 생각이 아니면 절대로 할 수 없는 포지션이다.

"속도만큼은 자신이 있다는 건가?"

"입이 길군. 내가 먼저 갈까?"

"사람을 도발할 줄도 알고, 아주 샌님은 아닌 모양이야?"

척!

레비로스는 아주 낮게 자세를 잡은 카미엘에게 육중한 검을 휘두르며 전진했다.

"봐주는 것 없다?"

부웅!

파공성을 만들어내며 돌진한 레비로스는 카미엘의 머리를 노리고 들어갔다.

그의 검은 아주 빨랐고, 카미엘이 피해내기 힘들 정도로 정확했다.

'이겼군.'

레비로스는 이제 곧 카미엘이 연무장에 벌러덩 널브러져 들것에 실려 갈 것이라고 생각했다.

하지만 그의 확신은 착각이 되어 돌아왔다.

서걱!

"크헉!"

레비로스는 자신의 레더아머 측면을 뚫고 들어온 레이피어의 차가운 검신을 느꼈다.

물론 레이피어는 옆구리의 살갗만을 스쳤기 때문에 큰 피해는 입지 않았다.

그러나 카미엘의 검이 옆으로 조금만 더 깊게 들어왔어도 그는 지금쯤 내장이 쏟아져 죽었을 것이다.

"허, 허억!"

"내 검이 왜 다른 레이피어보다 굵은지 알겠지?"

그는 단 일격에 적의 복부를 꿰뚫어 손가락만 한 천공을 만들어내기 위해 검신을 일부러 두껍게 제작한 것이다.

이내 카미엘은 그의 옆구리에서 검을 살며시 빼냈다.

"이런, 황제폐하께 뭐라 말씀을 드릴지…… 이러다 죽는 것 아니야?"

"………"

그는 비아냥거릴 자격이 충분했고, 친구의 놀림을 받은 레비로스는 할 말이 없었다.

'…이 자식, 도대체 언제부터 이런 검술을 배운 거지?'

할 말을 잃은 레비로스는 바닥에 검을 내려놓고 멍한 표정으로 카미엘을 바라보았다.

그러자 그는 레비로스에게 미소를 지은 채 말했다.

"네가 하도 검에 미쳐서 지낸다고 하기에 검술이 과연 어

떤지 한번 분석해 보았지. 그런데 네 검술에는 치명적인 약점
이 있어."

"…약점? 내 검술에 약점이?"

그는 지금까지 자신이 사사한 검술들을 세계 최고라고 생
각했다.

그런 검술을 하나로 통합하여 만들어낸 자신만의 검술은
사부들도 인정할 정도로 고강했다.

그런데 카미엘은 그 검술에서 단점을 찾아낸 것이다.

"네 검술에는 자신감이 너무 차고 넘쳐. 한마디로 오만하
다고나 할까?"

"…오만?!"

"너는 네 검술이 뚫지 못할 방어진이 없다고 생각하겠지.
하지만 그건 너무나 큰 착각이야. 아무리 큰 둑이라고 해도
아주 작은 틈 하나에 무너질 수가 있어. 그것이 바로 '일격필
살'의 정신이야."

"일격필살이라……."

"적의 약점을 집요하게 노리고 단 한 방에 급소를 꿰뚫는
검술, 이것이야말로 강함을 이기는 날카로움이다. 나는 그렇
게 생각해."

카미엘의 진심 어린 충고는 소년 레비로스를 충격에 빠뜨
리기에 충분했다.

그리고 그를 다시 서고로 보낼 수 있는 계기가 되었다.

"도대체 넌 어디서 검술을 배웠지?"

"배우긴, 혼자서 만들어낸 것이지."

"마, 만들어?"

"답은 언제나 책에 있다, 이런 말 몰라?"

"책이라……."

"나는 고대 문헌을 뒤져 불세출의 영웅들이 어떤 검술을 구사했는지 연구했어. 그리고 그 안에서 답을 찾았지. 그들의 검술에서 장점만 간추려 사용하고 단점은 머리에 익혔지. 이 것이 바로 내 검술의 전부야."

그는 이를 악물었다.

"…나중에 다시 붙자."

"후후, 좋아."

자리에서 벌떡 일어선 레비로스는 잽싸게 도서관으로 향했다.

그런 그를 바라보는 카미엘의 얼굴에 흡족한 미소가 어렸다.

"이젠 정신을 좀 차리려나?"

친구에게 일침을 가해준 카미엘은 다시 마법사의 탑으로 돌아갔다.

카미엘에게 첫 패배를 겪은 레비로스는 도서관에 처박혀 고대 문헌들만 주야장천 파고들었다.

오로지 몸으로만 검을 배운 그는 자신이 얼마나 기본기와 이론에 무심했는지 알 것 같았다.

그리고 어째서 전설적인 인물들이 남긴 검술을 등한시한 것인지 몰라 차마 고개를 들 수 없을 정도로 걷잡을 수 없는 후회에 빠져들었다.

"그래, 내 검술에는 단점이 이렇게 많았구나!"

불세출의 영웅들이 남긴 검술은 지금의 검술이 만들어지는 데 밑거름이 되었다.

하지만 그 밑거름은 좋은 비료가 되긴 했지만 본래의 덩어리를 제대로 녹여내지 못했다.

때문에 현재 명인들의 검술에도 그 빈틈이 만들어낸 공백이 생겨났던 것이다.

그는 자신의 검술을 보완할 문헌을 찾느라 벌써 나흘 동안 아무것도 먹지도 마시지도 않고 있었다.

"전하, 수라를 드셔야 하옵니다!"

"됐다. 거기에 놓고 가거라."

"하오나……."

"놓고 가라고 했다."

도대체 언제까지 이런 상태로 지내려는 것인지 그는 꼼짝을 하지 않고 있었다.

그런 그에게 다가와 호통치는 사람이 있었다.

"이런 모자란 놈 같으니!"

"아바마마?"

"언제는 검술에 미쳐서 밖으로 돌더니 이제는 책에 미쳐서 식사도 거른단 말이냐?!"

"그것이 아니옵고⋯⋯."

"네놈이 정말 궁 밖으로 쫓겨나 봐야 정신을 차리겠느냐?!"

그는 자리에서 벌떡 일어나 고개를 꾸벅 숙였다.

"아바마마! 소자, 청이 있습니다!"

"⋯뭐, 뭐라?"

"소자의 처소를 이곳으로 옮겨주십시오. 당분간 궁에는 들어가지 않겠습니다."

순간, 황제 칼번은 새빨개진 얼굴로 호통쳤다.

"이런 미친놈을 보았나?! 황태자가 도서관에 처박혀 있는 것으로도 모자라 뭐가 어쩌고 어째?!"

"소자는 저만의 검술을 만들어야 합니다. 그러니 부디⋯⋯."

칼번은 그의 손에서 책을 빼앗으며 말했다.

"…오냐, 네 소원이 정 그렇다면 소원대로 해주지. 여봐라!"

"예, 폐하!"

"당장 이놈이 몸에 걸치고 있는 옷가지와 장신구를 모두 몰수하고 맨몸으로 내쫓아라!"

"예, 예?!"

"어허, 무엇하느냐?!"

레비로스의 시녀들과 환관들은 도대체 이게 어떻게 된 일인지 몰라 그저 고개만 조아릴 뿐이었다.

"하, 하오나 폐하……!"

"정녕 모두 다 죽고 싶은 것이냐?! 황명이다!"

"화, 황은이 망극하여이다!"

환관들은 어쩔 수 없이 레비로스의 옷을 벗기고 그가 차고 있는 장신구를 모두 벗겨냈다.

그들은 레비로스의 옷을 벗기며 통탄의 눈물을 흘렸으나 오히려 그는 슬쩍 미소를 머금었다.

'그래, 내 인생에 이런 기회가 또 오겠느냐?'

그는 속옷만 입은 채로 검과 행낭만을 챙겨 도서관을 나섰다.

"소자, 이만 떠나겠습니다. 부디 만수무강하십시오."

"……."

아마 황제는 그가 이쯤 되면 정신을 차릴 것이라고 생각했던 모양이다.

하지만 그것은 황제가 아들에 대해 잘 몰라서 한 생각이었다.

레비로스는 애당초 궁을 나가고 싶어 안달이 난 상태였고, 기회만 된다면 분명 궁을 나가 자유를 만끽할 생각이었다.

"…저, 저……!"

"폐, 폐하!"

"울화통이 터지는군! 지금 당장 황비에게 짐이 간다고 전하라!"

"예, 폐하!"

황제는 아내에게 아들의 교육에 대해 따지러 갔고, 레비로스는 유유자적 자신의 애마를 타고 궁을 나섰다.

*   *   *

늦은 새벽, 카미엘은 자꾸만 창문을 건드리는 소리에 잠을 잘 수가 없었다.

"도대체 이 늦은 밤에 어떤 녀석이? 혹시……."

그는 얼마 전에 키우던 표범이 다시 돌아온 것이라고 생각했다.

카미엘은 야생동물과의 교감 능력이 남달랐다. 특히나 맹수들에겐 상당히 인기가 좋았다.

때문에 어미를 잃은 새끼 맹수들을 가끔 돌봐주곤 했는데, 최근엔 흑표범이 그의 손을 떠나 정글로 돌아갔다.

그는 분명 야생에 적응할 수 있도록 훈련을 시켰지만 역부족이었던 모양이다.

"으음, 조금 더 연구할 필요가 있겠어."

문을 열기 전, 카미엘은 마법 저장고에서 생닭을 꺼냈다.

아마도 녀석이 이곳까지 온 것이 먹이 때문이라고 생각한 것이다.

철컹.

창문을 연 카미엘은 흑표범 제이프를 불렀다.

"제이프, 이것 먹고 다시 돌아가."

하지만 제이프는 보이지 않았고, 대신 그 자리에 레비로스가 서 있었다.

"카미엘, 나야."

"어, 어?"

"나라고. 레비로스."

"네, 네가 어떻게 여기에?"

"쫓겨났어. 이젠 황궁으로 돌아갈 수 없게 되었지 뭐야?

하하!"

"뭐, 뭐라고?!"

집에서 쫓겨나고도 저렇게 편한 모습이라니, 카미엘은 아무래도 친구를 잘못 둔 것 같다고 생각했다.

"…멍청한 놈! 궁에서 쫓겨나면 어떻게 되는지 몰라서 그래?!"

"어떻게 되긴, 떠돌이 용병밖에 더 되겠어?"

그는 카미엘에게 손을 내밀었다.

"가자."

"뭐, 뭐라고?"

"가자고. 함께 대륙을 여행하자."

"하지만 우리는 돈도 없고 먹을 것도 없는데……."

"뭐 어때? 먹을 것이 없으면 사냥을 하면 되고 돈이 모자라면 벌면 되지."

순간 카미엘은 소년 레비로스의 얼굴에서 무한한 자유와 모험심을 엿보았다.

'그래, 이거다!'

유유상종이라고 했던가?

카미엘 역시 이 좁은 황도가 마치 감옥처럼 느껴졌고, 다시 드넓은 산으로 돌아가고 싶어졌다.

더군다나 그는 이 틀에 박힌 곳에선 제대로 된 학문을 익힐 수 없다고 생각했다.

그는 단박에 레비로스의 손을 잡았다.

"그래, 가자! 까짓것, 죽기밖에 더하겠어?"

"하하, 그래! 그래야 내 친구지!"

카미엘은 레이피어 한 자루와 행낭 하나만을 꾸려서 마법사의 탑을 나섰다.

이제 그들은 대륙을 돌면서 무한한 꿈을 실현시키기 위한 발판을 마련할 것이다.

＊ ＊ ＊

3년 후, 레비로스와 카미엘은 대륙에서 알 만한 사람은 다 아는 용병이 되었다.

성인식을 황궁 밖에서 치른 레비로스와 카미엘은 대륙 남쪽에 있는 한 정글 부족과 함께 성인의 징표를 받았다.

"우가차카, 우가차카!"

모닥불을 앞에 둔 정글 부족은 이제 막 성인이 된 마을의 청년들과 함께 두 사람을 축복해 주었다.

그들은 이곳에 살고 있던 라이칸스로프 떼거리를 몰아내고 마을의 평화를 찾아주었다.

비록 돈 때문에 한 일이지만, 카미엘과 레비로스는 마을의 영웅으로 추앙받았다.

그 때문에 마을에선 그들에게 전사의 표식과 함께 성인이
되었다는 증거를 남겨주었다.

"으윽!"

"참아요. 이래야 전사가 될 수 있어요."

마을에는 다섯 명의 무당이 있었는데, 그들은 최고의 전사
라는 표식으로 레비로스와 카미엘의 몸에 문신을 남겨주기로
한 것이다.

그들이 행하는 문신은 맨드레이크 잔뿌리에서 추출한 검
은색 안료로 이것이 액운을 막아주고 무력을 높여준다고 믿
었다.

실제로 맨드레이크 잔뿌리에서 추출한 안료는 전염병이나
풍토병에서 안전할 수 있도록 도와주는 역할을 했다.

맨드레이크 뿌리 자체에 남아 있는 독성이 오히려 항생작
용을 하여 면역력을 높여주는 것이다.

그러나 이 맨드레이크 안료가 자리를 잡으려면 상당히 깊
이 바늘을 찔러 넣어야 했다.

푸욱, 푸욱!

다섯 명의 무당은 흑탄으로 그림을 그린 후 그곳을 돌과 칼
로 긁어내 상처를 냈다.

그리곤 그 안에 안료를 듬뿍 발라 살 안에 안료가 자리 잡

을 수 있도록 했다.

그 고통은 이루 말로 표현할 수 없을 정도였지만, 성인이자 진정한 무사가 되기 위해선 기꺼이 참아내야 할 과정이었다.

카미엘과 레비로스는 이것을 또 다른 경험이자 인생의 전환점으로 삼을 예정이다.

이 고통을 참아냄으로써 앞으로 닥칠 고난과 역경을 이겨낼 수 있도록 다짐하는 것이다.

무려 열네 시간에 이르는 문식 작업은 사방을 피와 검은색 안료로 물들였지만, 카미엘과 레비로스는 오히려 미소를 짓고 있다.

"참을 만하지?"

"후후, 당연하지. 아무런 느낌이 없으니까."

두 사람은 오늘도 쓸데없는 자존심 대결을 하며 상반신 전체에 걸쳐 새기는 문신을 받아들였다.

남부 정글 부족이 새겨준 문신은 정말로 카미엘의 인생에 상당히 많은 도움을 주었다.

그가 군에서 장수로 생활하는 동안 주변에선 수많은 독살 시도와 상당히 많은 역병이 창궐했다.

그때마다 카미엘은 정말 아무렇지 않게 살아났고, 사람들은 그를 두고 불사신이라고 불렀다.

대륙을 통합하기 위한 전쟁의 끝자락.

카미엘은 상반신 전체를 물들이고 있는 문신을 손으로 만지작거린다.

"아직도 따끔거리는 것 같군."

그는 그때의 촉감이 아직도 남아 있는 것 같았지만, 이젠 그 고통은 기억으로 남아 있을 뿐이다.

*　　　*　　　*

대륙 정복전 종전 5년 후, 레비로스는 의문의 병에 시달리고 있었다.

"끄아아아악!"

마치 누군가 심장을 파먹는 듯한 고통 때문에 도저히 잠을 이룰 수가 없었다.

이제 그의 얼굴빛은 창백하다 못해 잿빛으로 물들어가고 있었다.

이미 그의 온몸에는 출처를 할 수 없는 맹독이 퍼져 거의 대부분의 장기가 썩어가고 있었다.

그나마 그의 몸이 이만큼 버틸 수 있는 것은 모두 상반신에 새겨진 문신 덕분이었다.

마도학자들은 이 문신이 그나마 심장과 뇌로 치밀어 오르는 독을 막아주어 그가 목숨을 연명하고 있다고 진단했다.

레비로스는 곁에 있는 아내 엘레니아를 바라보며 말했다.

"부, 부인, 그냥 나를 놓아주시오. 너무나 괴롭소."

"…안 됩니다. 폐하께서 승하하시면 이 제국은 무너집니다."

제국군 총사령관이자 대공이던 카미엘이 문신들에 의해 형장의 이슬로 사라지고 난 후 제국은 문신들이 치세하는 문판이 되어버렸다.

전장을 누비며 제국을 위해 싸우던 무관들은 설 자리를 잃고 모두 낙향하여 그 거처를 찾을 수 없었다.

또한 대륙 일통의 일등공신이던 마도병기들 역시 폐기 처분되어 그 흔적을 찾을 수 없게 되어버렸다.

한마디로 지금 그는 수족이 모두 잘려 간신히 황권만 유지하고 있는 것이다.

대륙의 평화를 위해서 어쩔 수 없이 친구 카미엘을 죽였지만, 문신들은 이제 카미엘에 이어 황가까지 명맥을 끊어버리려 했다.

그가 죽으면 조만간 나르서스 황가는 무너져 그 형체를 알아볼 수 없게 될 것이다.

그는 카미엘이 반역의 수괴로 둔갑하여 죽어갈 때를 상기

시켜 냈다.

"…녀석이 고통에 몸부림 칠 때 짐은 아무것도 할 수가 없었소. 그때의 고통은 이제 짐에게 고스란히 돌아와 육신과 정신을 병들이고 있구려. 이젠… 그를 따라가야 한다고 생각하오."

"안 됩니다."

"부, 부인……."

그녀는 자신과 함께 평생을 함께해 온 레비로스를 보낼 수가 없었다.

"당신은… 제국의 방패입니다. 이렇게 돌아가실 수 없어요."

"…그건 카미엘이 죽었을 때 이미 사라진 칭호요. 제국의 창이 사라졌을 때 이미 나는 없어진 것이오."

이윽고 레비로스는 침소에 놓여 있는 카미엘의 레이피어를 집어 들었다.

챙!

"폐, 폐하! 아니 됩니다! 여봐라!"

"잘 있으시오……."

푸욱!

레비로스는 거침없이 자신의 심장 깊숙한 곳에 레이피어를 찔러 넣었다.

그러자 새빨간 선혈이 사방으로 분수처럼 튀어 올랐다.

푸하아아아악!

"안 돼!"

그녀는 레비로스를 잡고 한참이나 오열했으며, 환관들은 그 주변에 엎드려 함께 통곡했다.

＊　　　＊　　　＊

제국의 영웅들이 모두 서거한 후, 대륙은 더 이상 전쟁이 없는 태평성대를 이루었다.

문신들은 카미엘과 레비로스를 몰아내고 정말 전쟁이 없는 꿈의 대륙을 만들어낸 것이다.

정치는 모두 공화정으로 돌아갔으며, 황가는 이제 상징적인 존재가 되어 사람들의 머릿속에 남아 있을 뿐이다.

그러던 어느 날이었다.

황도로 의문의 군대가 진군하고 있다는 소식이 전해졌다.

문신들은 과연 이것이 도대체 어떻게 된 것인지 이해를 할 수가 없었다.

분명 대륙의 모든 국가는 서로의 군대를 대폭 경감시키고 연합군을 구성하여 대륙 중앙에만 주둔할 수 있도록 했다.

그 밖의 치안 유지는 각 국에서 경비병을 추려 경찰 조직을 만들어 운영하고 있었다.

그런 가운에 온전히 병력을 갖춘 군대가 존재할 리 없었다.

황도 루티아니아의 경찰총장 아델은 마법사들이 제작한 망원경으로 군대가 진군하는 모습을 바라보고 있었다.

척척척!

발이 딱딱 맞아떨어지는 것을 보면 분명 저들은 정식 훈련을 받은 군대가 확실했다.

"도대체 저런 놈들이 어디서 온 거지?"

잠시 후, 그들의 동태를 살피러 나간 정찰병이 돌아왔다.

"총장님, 적의 동태를 살피고 왔습니다."

"그래, 정확한 군세는 얼마나 되던가?"

"약 1만에 말은 하나도 없습니다."

"보병만 1만이라……."

저 정도 병력이라면 경찰만으로도 충분히 수성전을 벌일 수 있을 것이다.

"좋다, 지금 당장 전 병력을 제1차 성체로 집중시킨다."

"예, 알겠습니다."

그는 의문의 군대를 맞아 수성전을 준비했고, 철저하게 훈련된 경찰 8천 명이 성곽 위에 자리를 잡았다.

"적은 기마대가 없다! 그러니 궁수만으로도 충분히 제압할 수 있을 것이다!"

"예, 총장님."

이제 서서히 그 모습을 드러내는 적군. 하지만 그 군대는 1만 이 훨씬 넘는 것 같았다.

척척척!

"뭐, 뭐야?! 족히 5만은 넘어 보이는데?!"

"아, 아니, 계속 늘어납니다!"

처음에는 1만이던 군대는 계속해서 늘어나 단숨에 25만까 지 불어나 버렸다.

아델은 저들이 어떻게 병력을 늘리는지 알아내곤 아연실 색하고 말았다.

"스, 스켈레톤?!"

"서, 설마……!"

"끼에에에에엑!"

"언데드다! 언데드가 출몰했다!"

성채 주변을 까맣게 물들인 언데드들.

그 중앙에는 2미터에 달하는 대검을 어깨에 짊어진 사내가 서 있었다.

그리고 그 사내의 몸에는 황금색 갑주가 입혀져 있고, 팔에 는 금빛 강철 가더가 씌워져 있었다.

"레비로스 황제?!"

"서, 설마……?!"

"쿠오오오오오!"

이미 형체를 알아볼 수 없을 정도로 부패해 버린 레비로스의 시신은 다시 썩은 살로 채워져 되살아났던 것이다.

그의 근력은 생전의 무려 백 배가 넘었고, 그 파괴력은 상상을 초월할 정도였다.

콰앙!

레비로스의 대검이 성문을 두드리자, 성채 전체가 흔들려 병사들은 중심을 잡을 수가 없었다.

"으윽!"

"성벽이 흔들립니다!"

"이런 미친……!"

이미 레비로스는 괴물이 되어버렸고, 그 괴물의 부하들은 미친 듯이 성벽을 타고 올라와 병사들을 뜯어 먹었다.

촤락!

"쩝쩝쩝!"

"사, 사람 살려!"

스켈레톤은 물론이고 좀비와 구울까지 죽었다가 살아난 시체들은 살아 있는 모든 것을 먹어치웠다.

그리고 그들에게 몸을 물어뜯긴 인간들은 걸어 다니는 시체로 되살아나 역으로 도시를 습격하기 시작했다.

전 황제 레비로스는 음산하게 포효하며 그들을 독려했다.

"꾸오오오오오오옥!"

"끼에에에엑!"

황도에는 병사들은 물론이고 궁정수석 마법사이던 샤넬리아 역시 자취를 감추어버린 상태였다. 아마도 그들은 언데드를 막아낼 재량이 전혀 없는 것 같았다.

레비로스는 병사들을 이끌고 황궁 중앙궁전까지 진격하여 골육상잔을 이어나갔다.

그리고 마침내 그는 샤넬리아가 기거하던 카미엘의 연구실까지 진입했다.

"크륵, 크륵……."

그곳에는 샤넬리아가 공간이동을 연구하던 시설물이 고스란히 남아 있었고, 그는 차원의 문에 자신의 피를 떨어뜨렸다.

그러자 차원의 문에 검은색 포털이 생겨났다.

뚜두두두둑!

검은색 포탈은 이내 빠른 속도로 골조를 만들어나갔고, 그것은 마침내 마왕 베리드의 모습으로 바뀌었다.

"크아아아악!"

"크르르르릉!"

검은 혀를 드러낸 베리드는 자신의 앞에 선 레비로스에게 고개를 조아렸다.

"주인이시여……."

레비로스는 굳어 있는 입을 열어 목소리를 쥐어짜 냈다.

"…차원의 틈을 열어라. 우리의 터전을… 다시 닦는다."

"예, 주인님."

마왕 베리드는 자신의 모든 마력을 동원하여 불완전한 검은 포탈을 완성시켰다.

쿠구구국!

이젠 직경 5미터에 이르는 거대한 웜홀이 생성되었고, 베리드는 레비로스를 그 안으로 인도했다.

"…모시겠습니다."

"크르릉……."

그는 검은 포탈을 타고 타 차원으로 이동했고, 베리드의 부하들과 마족들은 즐거이 그 뒤를 따랐다.

외전 끝

현대 소환술사

THE MODERN SUMMONER

FUSION FANTASTIC STORY

현윤 퓨전 판타지 소설

하늘이 무너져도 솟아날 구멍은 있다!

드래곤의 실험으로 모진 고난을 겪어야 했던 레비로식!
우여곡절 끝에 소환술사가 되어 최강의 자리에 오르지만
운명은 그를 나락으로 떨어뜨린다.

『현대 소환술사』

다시 한 번 주어진 삶!
그러나 그마저도 암울하기 그지없는데……

소환술사 레비로스의
인생 역전이 시작된다!

유행이 아닌 자유추구 –
WWW.chungeoram.com